不条理で甘い囁き

崎谷はるひ

幻冬舎ルチル文庫

CONTENTS ✦目次✦

不条理で甘い囁き

✦カバーデザイン＝齊藤陽子（CoCo.Design）
✦ブックデザイン＝まるか工房

イラスト・小椋ムク✦

不条理で甘い囁き

メールの着信音が鳴った。

さきほどから開いたままの携帯電話のフラップには一通受信の表示があって、件名の前に【RE:】という文字が数えきれないほどくっついている。むかむかしたものをこらえつつ三橋颯生《みつはしさつき》がそれを開封すると、本文にはたったひとこと。

【意地っ張り】

「——……っ」

さらにかーっと頭に血がのぼり、凄《すさ》まじい勢いで颯生は文面を入力し、送信する。ほどなく、背後からはガンダムの主人公がモビルスーツ発進時に叫ぶ着ボイスが聞こえた。

(なにが「いっきまーす!」だよ!)

それさえも腹立たしくさきほど書いたメールの文面を読み返す。

【もう少しなんか言えば。ガキじゃあるまいし】——と綴《つづ》ったそれに背後の羽室謙也《はむろけんや》も機嫌を降下させたのがわかった。数秒後、今度は颯生の携帯が黒猫をイメージキャラクターにした宅配便のテーマソングを奏でる。

メールを開けば【年下で悪かったですね】。ふてくされたような言いざまに目をつりあげ、さらに颯生は返信する。

【べつに悪いとか言ってないでしょう。なんでそういちいち気にしてみせるわけですか】

【どうしてそういう言いかたするんですか】

【こういう性格だから。知ってるでしょう】

【開き直るんですか！】

【そんなことしてない！】

——不毛極まりないことに、これらのやりとりはすべて、颯生と謙也のふたりきりの部屋、それも颯生の自宅で背中合わせに繰り返されているのだ。

その間、狭い部屋では颯生の『ぴろりろりろりろりんりんりん』と謙也の『いっきまーす！』が交互に聞こえていて、正直言ってばかばかしいことこのうえない。ときどき言いそびれを思い出して二通続けたりするものだから、場合によっては同時にメールが着信し、『ぴろりろいっきまーす！』という間抜けこのうえない二重奏が聞こえてくるのだ。

だがもう頭に血がのぼったふたりは、さきほどのけんかの際に言い放った「もう、口きかない！」のひとことにこだわったきり、不毛なメールでの痴話《ちわ》げんかを繰り返している。

（なんでこんな緊迫感のないメール着信音にしたかな）

だんだん、怒りとは違う意味での疲労感を覚えつつも、いまさらあとに引けないからと颯生はメールを打ち続けるしかなかった。

フリーのジュエリーデザイナーであった颯生が謙也と出会ったのは、彼の勤める時計宝飾会社『クロスローズ』でリングのデザインを依頼され、契約デザイナーとして勤めていたときのことだ。

まだ仙台支社から異動してきたばかりの彼は、新人とは言いきれないながら部署が変わったせいかいろいろ初々しく、颯生はひと目で気に入ってしまった。

ひとつ年下の謙也のルックスはごくあまめで、端整ながらいつも人好きのする笑みを浮かべているのも好ましかった。ずいぶんと背が高く、どうやら一八〇センチ台後半のようなのだが、がっちりとしたタイプではないのでさほど威圧感はない。おまけに、ふだんは敬語も崩《くず》さず礼儀正しく、社会人としてきっちりと振る舞うくせに、食玩《しょくがん》のガンダムシリーズなどをこっそりデスクに置いている少年っぽさもまた、颯生の好みであった。

仕事ぶりもまじめであるけれど、なによりはにかんだような笑顔にときめいた。とはいえ仕事相手とどうこうなるのは面倒であるし、心のアイドルとして愛《め》でていられれば満足だと思っていたのだが、なんだか紆余曲折《うよきょくせつ》あって、なるようになってしまった。

ノンケは不得手なはずの颯生だが、謙也の勢いに押されるように恋人となり、いまではつきあいはじめて四ヶ月ほどが経過している。

基本的に謙也は穏和でやさしく、かつマメで、非常によくできた恋人と言っていい。颯生の仕事柄休日が不規則で、デザインのこと以外は二の次になってしまっても、それはそれで認めてくれていた。

秋ごろの話だが、新規の仕事に追われた颯生が多忙さを理由に彼をほったらかしたあげく、仕事上のトラブルで落ちこんだことがあった。だが謙也は怒るどころか、颯生に対してこれでもかというくらいにつくし、やさしくなだめ、励ましてくれたのだ。

――颯生さんはいつも頑張ってるから、おれの前でくらい、ゆるくなってくれればいいなと、いつも思います。

しまいにはその会社での企画は頓挫《とんざ》したのだが、その際に疲れた颯生を抱きしめながらそう言ってくれたときには、謙也は天使なのだろうかと本気で考えたくらいだった。

だが、やはりそうそう颯生に都合のいいように物事は動かないし、謙也もむろん、都合のいいばかりの男であるわけがない。

まして、互いを深く知ってまだ半年足らずのカップルには、ささやかな、本当に取るに足らない言葉のすれ違い、あまえというものが、致命傷ともなりうる。

だがそれに気づけるくらいであれば、世間には痴話げんかというものは存在しないのだ。

＊　＊　＊

「あれ？　颯生、これなに」

それはある休日の、午後のことだった。颯生の部屋に遊びに来ていた謙也は、床に落ちていた一冊のアルバムを取りあげた。もうずいぶん日に焼けたそれは十年近く前のもののようで、うっすらと埃《ほこり》さえついている。

「あ、昨日資料引っぱり出したら本棚の奥から出てきただけ」

片づけてなくてごめんねと少し困った顔をして笑う颯生の手から、淹《い》れたばかりのコーヒーを受け取りながら、謙也は渋面を浮かべて問いかける。

「また徹夜とか、無理してない？」

「してないよ」

やんわり笑う颯生だが、謙也はその笑みこそが疑わしいなと眉間《みけん》の皺《しわ》を深くした。

久々のオフ日に自宅デートとなったわけなのだが、それはなにも謙也があまり出かけるのが好きではないためだけではない。

颯生がこのところ〆切の近い仕事に追われていたのを知っているからだ。おそらく今日のオフを確保するために、多少の無理はしたはずだし、謙也としてはせめてのんびりとすごし、身体《からだ》を休ませてやりたかったのだ。

（このひと無理の定義、ふつうじゃないから）

現在の颯生は、新しくできたばかりの宝飾デザイン企画会社『オフィスMK』契約社員である。ただしその就職前に既《すで》に受けていたフリーランスのデザイン仕事がいくつかあり、社長である神津宗俊《こうづむねとし》に了承を得て、いまだに他社の分も並行して片づけている。

おかげでもともとワーカホリック気味の颯生の多忙さは増し、当然不規則な生活に拍車がかかったおかげで、謙也ともこのところなかなか会えずにいたのだ。フリーの仕事は潜在的に失業の要素を持っている。だから気を抜いてはまずいという持論もわかるが、契約社員ともなれば多少は安定しているはずなのだ。だが掛け持ちの仕事を断ることさえしないから、ますます彼は忙しい。

(仕事好きなんだろうし、しかたないけど)

ため息をこぼしそうになり、コーヒーをすすってごまかしたのは、いまさら颯生にそれを言っても詮無《せんな》いとわかっているからだ。小言に代わる言葉を探そうと謙也は手にした古いアルバムに目を止め、ふと口を開く。

「ね、これ見てもいい？」

「え、いいけど……古いよ。高校のときので」

「うん、だから見たいんだけど」

上目にねだれば、なんだか恥ずかしそうな顔をした颯生は苦笑混じりに頷《うなず》いてくれた。

もうすぐ二十九歳になるというのに、つるりとなめらかな顔をした颯生は、ちょっとお目にかかれないくらいの美形だ。きりりとした眉《まゆ》やつった目尻《めじり》のせいか気の強そうな印象が強いけれども、彼のきれいさは十人が十人とも認めるところだろう。

いいかげん見慣れたはずの顔なのに、いまだにじんわり感動さえ覚える。かすかな笑みに、性懲《しょうこ》りもなくときめきつつ、謙也はぱらりとアルバムをめくった。

「あはは、ほんとに学ランだったんだ」

どうやら高校時代のものであったらしい。制服のままはしゃいでいるこれは、おそらく入学式のときのものだろう。友人と肩を組み、お決まりのサインを出した颯生はいまよりずっとやんちゃそうで、かわいいなあと謙也は口元をほころばせる。しかし横から覗《のぞ》きこんできた颯生本人は、若かりしころの無邪気なおのれに顔を赤らめた。

「うあ、やっぱ恥ずかしいなあ。やめない？」

「いやですー。見ていいって言ったじゃん」

ほっそりした手で奪い取ろうとする彼をわざとブロックしつつ、謙也は次々とアルバムをめくっては、ひたすら感心した。

（やっぱ素の美形は造りが違うんだなあ）

ふつう成長期の男子は造形的なバランスが悪く、派手な造りであればあるほど微妙な顔になるものだが、颯生のうつくしさは既に思春期で完成していたらしい。

「やっぱ颯生、昔からきれいだね」

「そんな、ぜんぜん！　もう、すげえガキくさいし……あーっ、やめよう、やっぱり！」

「あはは、なんで。いいじゃん、かわいいし」

「だからかわいくないってっ」

颯生が照れてじたばたしつつ背中にのしかかってくる。じゃれつく感触を愉《たの》しんでいたのも否めないが、なにより十代の颯生の初々しいきれいさに見惚《みと》れたのは本音だ。

大口を開けて笑ったり、拗《す》ねたような顔をしていたりと表情豊かなスナップはかなり大量で、カメラをかまえた相手も颯生を撮るのが楽しかったのだろうなと感じた。

「おれも今度写真撮りたいな……デジカメ買おうかな」

「……どういう写真撮る気だよ」

「え？　べつにエッチなのなんか撮らないよ」

いやそうにつぶやく颯生を雑《ま》ぜ返すと、無言で背中をはたかれた。痛いよと笑えばさらに赤くなった彼は目をつりあげて、ため息混じりにつぶやく。

「なんか、謙ちゃんが言うと洒落《しゃれ》になんない」

「なんでだよ。そんな変な趣味ないよ？」

「だ……だってこないだとか——」

言いかけてふつりと颯生が口を閉ざしたのは、おそらく先だっての行為の際に「やってみたい」と謙也がねだって大却下を食らわされたことについての、卑猥《ひわい》な記憶をよみがえらせたからだろう。

「シックスナインしたいって、そんなに変？」

「やだ、ぜってえやだから！」

あえてけろっと問うてみれば、ぎっと目を剝《む》いて睨《にら》まれた。ひとつとはいえ年上で、見た目はかなり遊んでいるふうに見える颯生だが、じつは案外とセックスやそのほかについては保守的なところがある。

また、謙也が男相手は颯生がはじめてであることについても、彼はいろいろと気にしているらしく、正直言えば露骨な部分——要するに男性器にハードな愛撫《あいぶ》をしかけようとすると、いまだにぐずるのだ。

（いまさらなのになあ）

ことの起こりでは「興味があるなら試してみるか」などと挑発してきたくせに、颯生は意外なところでうぶだったりする。そのガードをじりじり崩すのも、それはそれで愉しい部分もあるので、謙也としてはかまわないのだが。

「まあ、その件についてはそのうちね」

「そのうちなんか来ないいっつうの」

ぶつぶつ言う颯生に背を向け、謙也はにやにやと笑いながら古い写真に目を落とした。余裕の態度に見られたのか、細い脚がげしげしと背中を蹴《け》ってくるので「痛い」と笑って身をよじるから、なかなか閲覧が進まない。

（あれ……？）

しかし、どうにかアルバムを半ばまで眺めたあたりで、颯生の傍らには毎度同じ人物がいることに謙也は気づいた。

背の高い、溌剌《はつらつ》とした好青年だ。顔立ちも端整で清潔な印象が強く、颯生と並ぶと非常に絵になる取りあわせだなと思いつつ、なんの気なしに謙也は口を開いた。

「……あのさ、このひと仲良かった？」

「ん、どれ？」

謙也から取りあげるのはあきらめたのか、少し赤くなってそっぽを向いていた颯生は、その問いに振り返る。そうして謙也が指した写真を見るなり、あっと小さな声をあげた。

「あー、うん……いちばん、仲良かった」

性格のはっきりした颯生にしては、歯切れの悪い口調だった。なつかしそうに目を細めた表情には少し、あまい痛みのようなものが滲《にじ》んでいて、謙也はなにかが引っかかる。

「いまも友達？」

「いや、……もう、卒業してから会ってない」

ワントーン落ちた声に確信を覚え、謙也は小さく息をついて問いかけた。

「――好きだった？」

ストレートなそれに、颯生は一瞬目を瞠《みは》った。その後言葉はないまま、やんわりと笑む。

肯定を教えるそれに、ちくんと胸が痛い。

「……悪い思い出じゃないよ」

心配しなくてもいいよ、というようにその声が響くのは、まだつきあいはじめて間もないころ、謙也が対峙《たいじ》したことのある、颯生の元彼のせいだろう。

颯生がまだ二十歳そこその折りにつきあっていた、明智仲行《あけちのぶゆき》というその男は、初対面の謙也の前で颯生をあしざまに罵《ののし》るような相手だった。そのころ颯生が勤めていた会社で偶然再会し、ことあるごとにねちねち食ってかかられたせいで、当時の彼が仕事以外のストレスをかなり溜《た》めこんでいたのも知っている。

だが、それだけに明智の件については、謙也はさほど気にすることはなかった。

悪い思い出のせいで颯生がトラウマじみた痛みを感じているなら、自分が払拭《ふっしょく》してやればいいと、そんな気持ちもあったからだ。お互いに大人で過去のひとつやふたつはあって当然、それを知ったところで謙也としてはなんとも思わないと言ってやれたのだが。

（でも、今回は妙に引っかかるなあ）

どうも気になるのは颯生のリアクションのせいだろうか。目を伏せた表情が妙にきれいで、過去のこととはいえこんな顔をいままで見たことはなかったと――なんだかもやもやするものを覚えて、謙也はつい問いかける。

「片思い？　それとも……つきあったの？」

「え、なに。突っこむね」

あとになって思えば、そこで話をやめておけばよかったのだ。話したくなければそれでいいと、いつものように笑ってすごせば颯生も語りはしなかっただろう。

「いや、なんか……いまはつきあいないって言うから。どういうふうだったのかなあって」

気になったのだと言えば、颯生はとくに気にした様子もないまま笑う。そしてなつかしい記憶を辿《たど》るように、ふっと遠い目をした。

「えーとまあこいつ……幸田《こうだ》っつうんだけど。一年のとき同じクラスになったんだよね」

まだひととなりも知らない新入生のなかからクラス委員を選ぶには、やはり受験時の成績がものをいった。そこでぶっちぎりにトップだったのがこの、幸田だったそうだ。

「まあ面倒見いいやつだったんだけど、とくに親しくなるってんでもなかったんだよね。で、俺とこいつは美術選択してたんだけど、幸田って壊滅的に絵が下手《へた》で。課題手伝ってって言われて、仲良くなった。それからずっと、つるんでたかな」

「……ふうん」

静かで穏やかな颯生の声に、謙也は曖昧《あいまい》な相づちを打つ。悪くない思い出どころか、ずいぶんその記憶を大事にしていることを、出会いからの出来事を綴る彼の声に感じとったからだ。

（けっこう、うまくいってたのかな……この、幸田ってのと）

それはそれで、いいことなのではないかと思う。少なくとも明智のように彼を傷つけた相手ばかりであれば、颯生はもっと根の部分で歪《ゆが》んでしまった可能性もあっただろう。

甘酸っぱいような青春の――恋の思い出というのは、のちのちの恋愛観にも影響する部分はある。ともすればその後の好みまでも左右されるものだし、と思いながら頷く謙也の考えを読んだように、颯生は少し照れた声で言った。

「いいやつだったよ。みんなに慕われるタイプで。そういえば、そういうとこ謙ちゃんに似てるかな」

「おれに？　どのへんが？」

だがその、似ているというひとことになぜか、謙也はさきほど以上に胸がざわりとするのを覚える。

「どこって……穏やかでやさしいし、よく気がつくっていうか……あと俺みたいに言いたい放題のやつでも、笑って許してくれちゃうようなとことか」

その言葉は、目の前にいる謙也に対しての賛辞ともとれなくなかった。だが、靴のなかに小さな石が入ったときのようなざらつく感情が、どうしても残る。

「それで……？」

どうにかその不快感を払拭したくて、謙也が続きを催促すると、照れたように笑った颯生はなぜか話を打ち切ってしまった。

「それでって……まあ、そんな感じ？」

「え？　そんなって？」

「や、恥ずかしいんだよさすがに。もう十何年も前の話だし」

勘弁してくれと苦笑する颯生に、肝心の部分がまだだろうと謙也は食い下がる。

「いや、だってそれじゃぜんぜん、どうだったのかわかんないし」

「どうって……？」

明智のときにはけっこうあっさり、出会いから別れに至るまでを話してくれたはずの颯生が口ごもっている。それが妙に気になった。

「だから、つきあってた？　どういうふうに好きだったの？」

その問いにはいささか含みがすぎたようだった。颯生は気圧《けお》されたように顎《あご》を引く。

「あのさ、謙ちゃん、さっきからなに訊《き》きたいんだ？　昔の話だよ？」

「だからその、昔の話を訊きたいんだけど」

いけないのかな、とじっと見つめたさき、颯生は今度こそはっきりと、困ったように眉をひそめた。

「……訊いてどうすんの」

「どうもないけど……知りたいって思う。なんでかなって――」

「なんでって、なにが」

問われて、なんだろうと謙也も自問する。そして十数年も前のことがこんなに気になってしまうのは、颯生自身とくに意図せずに発したのだろう「似ている」という言葉が耳に残るせいだと、ふと気づいた。

どうしてつきあったのか、なぜ終わったのか。そしてそれを教えてくれないのはなぜだろうか。ぐるぐるとまわりだした思考のなかで、そんな疑問だけが浮かびあがってくる。

「いや、……なんだろ、後学のために？」

「なんだよ、それ」

「なんだって言われても、知りたいだけ」

自覚もするが謙也の悪癖は、惚《ほ》れこんだものにはかなりマニアックにのめりこむということだ。ふだんはなんにつけあっさりしているのに、こと好きなものに関しては、表面だけ撫《な》でて通りすぎるようなことができない。

ひとたび気にかかるとどうしてもそれを追及したくなり、納得いくまで調べたり、モノであればコンプリートしつくすまで集めたりと、そういう熱意が止まらなくなる。

（颯生に関してもそうだったしなあ）

そもそも謙也がいま目の前にいる年上の、しかも同性の彼とつきあうようになったきっかけは、彼に関して小耳に挟んだ噂《うわさ》だ。

顔立ちのきれいな颯生は『ゲイで、しかも上司と不倫していたらしい』という悪辣《あくらつ》な評判を一部に立てられていた。後日、彼の強気さと才能を妬《ねた》んだ輩《やから》が吹聴したデマと知れたが、その噂のせいで謙也は颯生が気になってしかたなくなり、うっかりアダルト系ゲイサイトにまで手を伸ばし、ブラクラに引っかかってマシンを吹っ飛ばすという惨事を引き起こした。あげくには直球勝負で颯生に『ゲイなのか』と問いかけ、相当に怒らせたうえに勢い任せで寝てしまって――まあそんな一連のごたごたのおかげで恋人になれたのだが――しばしおのれの子どもじみた執着心に、深く反省もしたのだ。

そのうえ颯生の性格は、謙也の真逆と言っていい。見た目は強気でオープンマインドに見えるけれど、じつのところは意外と繊細でガードが固い。正直言えばつきあいだしてから丁寧語がとれ、お互い下の名前で呼びあうまでにもずいぶんと時間がかかり、摑《つか》みあぐねる距離感にずいぶんと気を揉《も》んだ。

あまえぐせがあるなどと自分で言うけれど、颯生はやはりどこかが遠慮がちで、また相手を詮索《せんさく》もしたがらない。

それをもどかしいと感じるのも、謙也の勝手と知っている。だが気になるものは気になるのだと、なんだか急《せ》いた気持ちがこみあげた謙也の声は、いささかきついものになった。

「どうして、別れたのかなって。明智さんのときはなんとなくわかったけど――」

奇妙な不安感が襲ってきて、冷静であれば失言とわかる言葉を謙也は放ってしまう。しまった、と思ったときにはもう颯生の顔は少し強《こわ》ばっていて、あ、と謙也は口を塞《ふさ》いだ。

「ここで明智の話蒸し返す？　ほんとに、思ったこと言っちゃうね」

「ご、めん……」

颯生が吐息混じりに指摘したとおり、深く考えずに思ったままを口にしてしまうのは、謙也の悪癖だ。社会人として揉まれ、だいぶ気をつけるようにはなっているけれど、気をゆるませたりするとうっかり出てしまう。

「いや、ごめん。言いたくなかったらいい」

だから反省して、少し口早に告げたのだが、これはこれで颯生の神経を逆撫でたようだ。あからさまにむっとした顔のまま、颯生はきつい声を放つ。

「べつにやましいことあるわけじゃないから、言ってもいいよ。で、なに訊きたいわけ？」

「ちょ……そういう言いかたしなくても」

つっけんどんな声に面食らいつつ謙也が困った声を出せば、既に機嫌を下降させた颯生は
「じゃあどういう言いかたならいいんだよ」と切り捨てて、なおも露悪的に言葉を続けた。

「幸田はたしかに、俺がはじめて好きになった相手だし、ついでにはじめての相手でもあったけど！　そういうことまで全部、教えてやんないとなんないの？」

「な……そこまで言わなくてもいいだろ」

詮索のしすぎだと決めつけられたようで、さすがに謙也もかちんと来る。どうしてそう突

っかかる物言いになるのかと、ふだんなら微笑《ほほえ》ましく思う颯生の強気な物言いが、この日はなんだか癇《かん》に障った。

「どうしてそう、すぐ怒るんだよ」

「怒ってないよっ」

「怒ってるじゃん！」

お互い剣呑《けんのん》な声になるのが止められず、部屋のなかの温度が一気に下がる。こんなさもないことでと思っているからよけい苛立《いらだ》ちは募り、謙也は内心舌打ちをした。

(なんでこうなるんだ。おれが突っ走るとろくなことないし、気をつけようと思ったのに)

ここは言い出した自分が引くべきだろう。気を落ち着かせるために軽く息をついて謙也は言った。

「……いいや、やめよう。この話」

それはあくまで、せっかくのふたりの時間に気まずさを覚えるばかりのやりとりなどしたくないと思っての気遣いだったのだが、颯生は納得いかないように目をつりあげる。

「なに、自分でふったんじゃん。なんで途中でやめるんだよ。つか、それでやめるくらいなら最初から言うなよ」

もっともな言いようではあるが、そうつんけんすることもないじゃないか。滅多に腹を立てない分、謙也も引っこみがつかないまま、飲みこんだはずの言葉を口にする。

「だっておれに似てたっていうから。それで別れた相手だって言われたら、気になるだろ」

そもそも昔の男に似ていると言われて気分がいいわけがないと思っての発言に、しかし颯生は呆《あき》れた顔をした。

「なんで気になるんだよ。昔の、しかも十年以上も前の話じゃんか」

「……颯生はそういうの気にならない？」

「ならない。いま現在の状況ならともかく、終わったことだろ？」

きっぱりと言いきられて、ずいぶん違うのだなと思う。颯生とつきあってからこうまで感覚のずれを感じたことがなかった謙也には、少し違和感があった。軽い失望にも似たそれを認めたくはなくて、これ以上は言葉がすぎると思いながらも口を開いてしまう。

「でも、そっちが昔のこと気にしてるから、ずっと遠慮がちだったんじゃないか」

「だから……蒸し返すなよ、そういうことを！」

それはどうやら痛いところを突いてしまったらしく、颯生は声を荒くする。しかし謙也もすっかり目を据わらせていて、かたくなな彼への追及が止まらない。

「じゃあ、おれの最初の彼女のこととかぜんぜん気にならない？　知らなくていいわけ？」

好きだったらそういうことまで知りたいものではないのかと、ふてくされたように謙也が言えば颯生はついに切れたようだった。

「知りたくないよそんなもん！　なんなの、謙ちゃんちょっとしつっこい！」

吐き捨てるようなその声に、謙也もかちんとなった。

「しつっ……こいって、そこまで言う!? やっぱなんか言いにくいことでもあるのかよ」

「ねえよそんなもん、そっちが絡むからだろ」

「颯生が素直じゃないからじゃん!」

「そんなもん、もともとだよっ」

売り言葉に買い言葉の応酬で、むかあああ、とお互いに不愉快さが一気に募るのがわかった。そうしてしばし無言で睨みあったあと、ふんっとお互い背中を向けた。

「ああもう、いいよ、口ききません!」

「こっちだって!」

のちのち、冷静になればたいしたことではなかったとわかるけれど。

引き際を見失った口げんかの果てに吐いた、まるっきり子どもじみた捨て台詞《ぜりふ》は、同じレベルの言語で言い返される。

気まずい沈黙が落ちる部屋のなか、どうにもむかむかしたままの謙也は思わず携帯を開き、メールを打ちこんでしまった。

【意地っ張り】

――そうしてその後、延々不毛な携帯メールでの言い争いは、お互いの携帯のバッテリーが切れるまで終わることはなかった。

知りあってそろそろ十ヶ月、つきあってからは約四ヶ月が超過して、どうしても互いへの慣れが出てくる。

そして真摯《しんし》な気持ちを与えられ続ければ、ひとはそんな大事なものでもやっぱり慣れてぃってしまう。やさしくされて感激していた時間も、それが日常になればありがたみを忘れてしまう。

それくらいわかってるだろう、それくらい知っているだろう。そんなあまえが、些細《ささい》な出来事を複雑にこじれさせることなど知っていても、素の性格に根ざした問題であればあるほど、なかなか修復は難しい。

あってあたりまえのやさしさや愛情などないと、知っているのにわからなくなる。気のゆるみから派生するその慣れとあまえが、思わぬ深刻な事態を引き起こすなどと、このときのふたりは予想だにしていなかったのだ。

＊　＊　＊

颯生の新しい職場であるオフィスＭＫは、新橋にある。テナントを借りた一室で、そう大きなオフィスではないけれど、そこには活気が充《み》ち満ちていた。

「三橋さん、取れたよ！　今度の華煌会《かこうかい》のブース！」

電話を切るなり小躍りするような勢いで告げたのは、この会社の代表である神津だ。朗報に喜色を浮かべ、颯生も思わず椅子《いす》から立ち上がる。

「ほんとですか、おめでとうございます！」

「さっすが神津社長ですよねっ」

おめでとうございますと、キーボードを叩《たた》いていた手を止めて笑みを浮かべたのは、この会社の経理兼営業事務の火野浅香《ひのあさか》だ。三十代半ばの女性である彼女は、そもそも神津が長年勤めていた会社の部下であった女性で、このたび会社を立ち上げる際にふたつ返事で事務関係を引き受けてくれた。

「これ、きれいにできましたもんね。よかったあ、ほんと……」

ケースに並んだ新作を眺めしみじみつぶやいた営業の丸橋耕哉《まるはしこうや》は、つい数年前まで大手広告代理店に勤めていた中途採用の社員である。宝飾に興味があり、自費で留学して Graduate Gemologist、通称GG《ジージー》の資格を取ったという彼は年齢こそ二十代半ばと若いものの、なかなかのやり手だ。そうして現時点では契約社員扱いの颯生をあわせた総勢四名が、現在のオフィスMK全社員である。

「しっかし、新参の会社でよくOKでましたね。華煌会、倍率厳しかったんじゃや？」

「バイヤーさんも初手ではけっこう渋ったけどね。まあお試しというところだろうけれど」

華煌会というのは大手百貨店が主催する展示即売形式の催事だ。帝国ホテルなどのパーティールームを借り切り、接待を交えつつ外商が招待した大口顧客を相手に、各々のブースで販売をするものだが、老舗《しにせ》の催事であるだけに、なかなか新参の企業は受け付けてもらえない。

「おれが営業に行ったときは、つっけんどんだったのに。神津さんの名前ありきですよね」

「いやいや、今回は狙《ねら》った商品ラインがよかったんですよ。ねえ三橋さん？」

まだまだひよっこだ、と肩を落とした丸橋の背中を叩きながら、神津は颯生へと笑いかけてくる。内心、今回のデザインに自信はあっただけに自尊心をくすぐられつつ、颯生は肩をすくめた。

「これに関しちゃ造りもよかったですしね。工房、いい腕だと思いますよ。KSファクトリーさんの紹介はやっぱりたしかだったな」

クラシックジュエリーからヒントを得た、品のいいダイヤモンドジュエリー。一連のシリーズには『Nobility & Grace』――高貴で優雅、という直球の命名をした。

「となればもっと点数作っていかないとですね。オガワ貴石さん、ブツはまだあるかな」

オフィスMKの出資元はオガワ貴石という宝石輸入販売卸、いわゆる「石屋さん」である。ブランドを作ってほしいと言い出したのもそちらであり、現在この会社ではオガワ貴石の在庫石を委託で借り受け、デザインを提供して制作する形になっている。

まだ動き出したばかりのオフィスMKでは、現在の業務はあくまでブランド開発と企画の提供だ。宝飾会社として卸販売までを請け負うこともいずれは考えているが、原石《ルース》から買い入れ、ストックするほどの余裕はない。委託や企画提供だけとなれば利ざやは当然よくはないが、それだけに出の悪い在庫を抱えることもなく、ある程度の自由がきくのも事実だ。

「さてさて忙しくなりますよ。華煌会でお披露目になるってことは、そこに外商さんもくる。うまくいけばそこから百貨店進出も、むろんほかの催事での扱いの申し入れもあり得ます。となればちゃんとまわせる商材を確保しないとね」

「もう少し、アレンジした低価格ラインも増やしたほうがいいんじゃないでしょうか？」

「うん、企画を売りこむ意味でもありでしょう。三橋さん、よろしく」

はい、と頷いてみせながらも、颯生はふっとため息をついてしまう。疲労の滲んだ表情に、神津は最近白いものの混じりだした眉を寄せた。

「……もしかして、最近ほかの仕事がきついのかな？　無理はしないでくださいよ」

颯生がちょうどこの会社に声をかけられた時点で請け負ってしまった仕事が立てこんでいるのを、神津は知っている。あまり抱えこみすぎないようにと気遣う上司に、颯生は慌てて手を振ってみせた。

「ああ、いえ！　並行でフリーのほうもOKいただいてるだけありがたいんですから。申し訳ありません、大丈夫です。あちらはメンズですし、却《かえ》って目先違うから楽しいですよ」

いま颯生が請け負っているのは、女性向けの高級宝飾である『Nobility & Grace』とラインがかぶることはない仕事だ。これが似た方向性だとデザインの差を出すのが大変な部分もあるが、まるっきり違うものだけにそうプレッシャーはないと告げると「それはそれ、これはこれです」と神津は苦笑した。

「三橋さんは無茶をしそうだからね。若いからといって過信してはいけないよ」

やんわりとたしなめられて頷きつつも、神津の前で情けない顔をさらしたのが恥ずかしく、颯生は神妙な顔になる。

「まずは今日、工房と打ちあわせです。色石のほうのデザイン指示書、お願いしますね」

「はい」

すみませんともう一度小さく頭をさげると、大量のチンボックスとデザイン用のトレーシングペーパーが散らばった自分のデスクに腰かける。

今回の『Nobility & Grace』はダイヤモンドとプラチナという白一色のものだったが、これに色石でのバージョン違いをくわえ、商材の裾野《すその》をもっと拡《ひろ》げたいということは前々から言われていた。颯生にしてもアレンジをいろいろ試したいと思っていたから、要望に応えるべく努力をするのがむしろ楽しい。

(いらんこと考えないで、仕事に集中できるのはいいよなあ……)

前回の職場とは大違いだ。葡萄唐草《ぶどうからくさ》をモチーフにした、細やかな細工彫りの指示を書きこむ颯生の口元は、無意識にほころんでいく。

石を傷つけないようチンボックスから丁寧に取りだし、ビロードが貼られたトレイの上に載せた。同じグレードのエメラルドやサファイヤでも、それぞれ微妙に色あいが違う。むろん石屋から預かる段階で仕分けはされているが、今回はその色の違いを活《い》かし、網状に組んだパーツへ自然なグラデーションができるように埋めこむデザインなのだ。

（やりがいはあるよな、ほんとに）

人気の高いダイヤのキャラ石ばかりではなくメレを組みあわせ、パヴェセッティングなどで華やかに見せるデザインが颯生の得意とするところだ。むろん石の力を活かすデザインもいいが、それ自体では価値の低い色石やいわゆる『クズ石』をもうまく使い、それぞれの味を引き出してこそデザイナーだろうという自負もある。

カラーコピーをとった着色デザイン画に両面テープを貼りつけ、必要な分の石をその上に貼りこんでいく作業は集中していないとできない。本来、デザイン画だけを提出する仕事ならばこの手の作業は滅多にやらないものだが、今回は造りを任せる工房に石のセット位置まで指示してくれと言われたため、颯生が作業を請け負ったのだ。

過去に数年勤めた、工房直結の会社ではよくやった工程のため、ピンセットを扱う手つきには淀《よど》みがない。しかし、数十個もあるメレ石をデザインに貼りこむだけのそれは、ある意味では単純作業であるため、ついつい思考は遠くに飛ぶ。

（まったく。たかがアルバム程度で、あんなことになるなんて思わなかった）

そうしてふっとため息をつけば、手元に摘《つま》んだメレが転げた。吐息ひとつで飛ぶような貴石に慌てて手元を確認し、颯生は息を殺して唇を噛《か》む。

本当は仕事のことで疲れているわけではないから、神津の言葉が苦かった。

むろんその憂鬱《ゆううつ》の種は、先だっての謙也との、くだらないことこのうえない、しかしけっこう根深い言い争いだ。

（あそこまで言うことないよな、謙ちゃんも）

携帯での痴話げんかに終始したあの週末、バッテリーが切れると同時に襲ってきたあの気まずさときたら、もうどうしようもなかった。

せっかくふたりきりでいたというのに、けっきょく口も聞かずそっぽを向いてひと晩眠って、謙也は早々に家に帰ってしまったのだ。

その間抱きあうことがないままだったのは、これはちょっと颯生に責任がある。

（でも、あんなのを寝てうやむやにするのは、なんか、いやだったんだ……）

言い訳じみて考えるのは、自分でも悪かったと思っているからだろう。

また大きなため息がこぼれそうになり、颯生は自分の口元を覆った。

子どもじみたけんかをした夜、どうしようもなく気まずい空気の張りつめた部屋で、颯生は何度も寝返りを打っていた。

(なんか、ヘンなの……)

もともとそう広くない部屋で、ベッドの隣に布団を敷いたら足の踏み場もない。

いっそ居間のほうに寝床を作ってやろうかと思ったけれども、それはあまりにも嫌味かと思って思いとどまったのだが——そもそもセックスをするしないに関わらず、謙也が泊まりに来た日に、べつの布団で寝ること自体がはじめてだ。

夢中になっているうちにはわからなかったけれども、案外あまったるいつきあいをしていたのだなとあらためて思う。

(いつもくっついて寝てたし……けっこう、ベタベタしてたんだなあ。いままで)

だがそもそも、けんかのあとまだこの部屋にいるという状態が、過去の颯生のつきあいかたでは考えられない。自分も見苦しい顔を見られるのは好きではなかったし、なにより相手は颯生よりずっとドライだった。

大抵は初手から距離感があって、提示されたそれを踏みこみきれないまま、疲労ばかりが募って終わっていた。

つまり颯生にとって恋人と揉めるときイコール、終わる前提の修羅場の言い争いが大半で、こんなくだらない痴話げんかなどはしたことがない。

というよりもいままで、謙也ほどあまく颯生に接してきた恋人など皆無だった。自分に対して怒った顔など見せたこともなければ、鬱陶《うっとう》しい気配を覗かせたこともない、そんな相手はいままでに知らなくて嬉《うれ》しかったけれど、だからこそこんな些細なことで怒った彼に戸惑っている。

(あの程度で、あんなに怒ると思わなかった)

謙也のあれが嫉妬《しっと》と好奇心から来る質問だったとわからない颯生ではない。

幸田のことについてはっきり教えなかったのは、照れくさかった以上にあまりに昔のことすぎて、本当にあの程度しか語るべきことがなかったからだ。

だが、そもそも謙也からあんな尖《とが》った感情を向けられたこと自体がはじめてなうえ、むっつりしたままそれでもそばにいるという行動原理がわからないので、とにかく戸惑うし違和感があるのだ。

そしてまた、謙也に問われたこともかなり、引っかかった。

——おれの最初の彼女のこととかぜんぜん気にならない？

(そんなもの聞きたいわけがないだろう)

冗談じゃないと、颯生はきつく口を結ぶ。

謙也も、そして颯生もときどき忘れているけれど、彼はそもそもヘテロセクシャルだったのだ。女の子とも恋愛できる相手なのだといまさら思い知らされて、じんわりと哀《かな》しくなったのも本音だ。

（初恋が、かわいくて素直で胸のでかい子だったとか言われたら、どうすりゃいいんだよ）

べつにそんな男の理想を固めたような女子だと言われたわけではないけれど。想像だけで不愉快なのは、それこそ彼を好きだからだ。颯生は自分の性格や言動がきついのも自覚しているし、身体の造りだって当然女性のようにやわらかくない。ときたま、やっぱり女のほうがいいんだろうな、などとこっそり落ちこんでいることを見透かされたくない——それは自己と、謙也との関係の否定にもつながるからだ——程度には、プライドも高い。

おまけにひとつとはいえ颯生のほうが年上であるのに、いかにも譲歩するような謙也の言動はときおり癇に障るのだ。だからつい怒りすぎ、言葉の引っこめどころやタイミングがわからなくて、意地を張り続けてしまう。

「……もう寝た？」

何度も寝返りを打っているせいで、狸《たぬき》寝入りはばれているのだろう。颯生は、背中越しにひっそりと聞こえた声に対し、どう答えればいいのだろうと固まってしまう。

「颯生……？」

様子をうかがうようにひそめた声が、かすれて少しあまい。謙也の出すこういう声にはかなり弱くて、一瞬だけ首筋のうしろがぞくっとした。彼は基本的に声がよく、ふだんは営業社員らしく張りのある明るい声を発する。それをそっと吐息混じりにしてささやくように低めると、潑剌とした空気はなりをひそめ、一気にあまったるく淫靡《いんび》なものを纏《まと》うのだ。

（う、わ）

そろりと伸びてきた指にうなじを撫でられ、颯生は目を閉じた。何度も髪を梳《す》くようにして、耳朶《みみたぶ》のうしろや首のあたりを往復する大きな手のひらは乾いて心地いい。

「まだ怒ってる？」

問いかけと同時に口づけられたのは、耳と顎の境目あたりだ。快活でよく笑う謙也の大きめの唇が、少ししっとりした感触と声を同時に颯生に与えてくる。さきほどの比ではないざわざわした痺《しび》れが背筋まで一気に走り抜けて、まずいなと思う。

（やば……息が）

ベッド脇《わき》に座りこんだ謙也は、あまえるように鼻先を颯生の首と肩の狭間《はざま》に押し当ててくる。ゆるく流れていく呼気や、布団に潜りこんで腰を抱く腕の体温も、なにもかも颯生の肌には心地よすぎた。

間違いなく、このまま抱かれたら流される。颯生の身体は、謙也のほどこす情熱的なセックスにすっかり慣らされた。苦手だった挿入行為さえ、彼の濃厚な愛撫のおかげで自分から欲するほどになってしまっている。

そのくせ心はまださきほどの、急に脆《もろ》いところに踏みこまれたような違和感を引きずっているから、かすかながら感じかけたことへの恥ずかしさも相まって、颯生はひどく焦ってしまう。

（待ってくれよ、これでなし崩しでエッチして、けんかはなしにすんの？）

そんなことくらいめずらしくはない。むしろ過去つきあった相手とは、揉めるのを避けるため、大抵そのパターンで乗りきった。だが、どうしてか謙也とは、そんなうやむやな関係を持ちたくないと強く思った。

かつて、お互いつきあっていくうちに不満が出たり、がっかりされるのが怖くて素になりきれないと訴えた颯生が、謙也に対してぐずぐずとした感情をぶつけたことがあった。その折りに言われた言葉と、この行動が矛盾していたせいだろうか。

――そこんとこは慣れと話しあいじゃないんですか？

ああそうか、彼はちゃんと颯生の人格と一緒に、そのやっかいな部分もひっくるめてつきあってくれるつもりなのだと思って、とても嬉しかった。謙也は年下なのにいつでも、ある意味颯生より大人な部分があって、そこに安心しきっていた。

だからこそ今日のだだっ子じみた反応が謙也らしくないとも思ったし、なにより大事にしていた言葉を裏切られた気になったのだ。

（んだよ……けっきょく、謙ちゃんもこうなわけか）

いやな既視感に、怒りの燻《くすぶ》っていた腹がかっと煮える。冷静になりきれないまま颯生は謙

也の腕を振り払った。

「さつ……」

「眠い。さわんないで」

半分は照れもあっての行動だった。しかしいままで聞かせたことのないくらい冷たい声が出て、颯生は自分でも驚いた。背後の謙也が戸惑ったと同時に空気もまたぎこちなくなり、しまったと思ったけれどもう発した言葉は戻らない。

「ほんっとに強情だよね。まだ怒ってるんだ」

しつこく根に持つやつだと当てこすられた気がして、気まずさの責任転嫁に颯生はさらに尖った声を発してしまう。

「そっちこそなんで寝こんだとこに手を出すわけ。そんなにしたいの？」

とたん、ぴたりと謙也が固まった。その後大きなため息をつき、彼にはめずらしいことになにか喉《のど》につまったような、曖昧で苦しげな声を発した。

「したい、って……。ちょっと楓生さ、いいかげんにしない？」

ため息混じりのそれは、おそらく謙也としては「もうそろそろけんかはやめないか」という意味だったのだろう。しかし、カリカリ来ていた颯生はそれを、なじられたように受けとめ、語気荒く吐き捨ててしまった。

「いいかげんってなんだよ。……こんなときにやってごまかそうっての!?」

がばっと起きあがるなり言ってのけると、謙也の顔色が変わった。

「……なにそれ。俺、そんなつもりじゃ」

「そんなつもりもなにも、手ぇ出してきたの事実だろっ」

あとにして思えば、当てこすったそれは、たぶん禁句だったのだろう。そもそも自分たちのことの起こりは、謙也が颯生のゲイ疑惑で頭をいっぱいにしたあげく、「寝てみればわかるんじゃないか」と颯生が挑発したことからはじまっている。

そうして好きだなどと言われても信じられるものか、どうせ身体が目当てなのだろうと皮肉った際、謙也は怒りながら傷ついていた。

――四六時中あなたのことしか考えられなくなって、ずっと見てたいし触りたいって思うし、頭のなか全部三橋さんのことしかないし、抱きたくて、でもきらわれたかもって思ったら苦しくって、……これ恋じゃないならなんなんですか⁉

涙目で怒りながら、それでもまっすぐ見つめて告白してくれたあの気持ちを、疑ったことなど一度もなかった。そのくせ謙也に対してのつけつけした声はどうしてか止められず、颯生は顔も見ないまま皮肉な声を発する。

たぶん、颯生は油断していたのだろう。謙也ならこの程度の言葉など、受け流してくれるものだと思いこんでいた。それこそが過度のあまえなのだと、のちにわかったけれども、勢いづいた颯生の毒舌は止まらなかった。

「したければ、したら。でもしつこくしないでくれるかな。明日予定あるし、あんまり好き放題されるときついから」

ふん、と吐き捨てた声に対して、てっきりまた「もういいよ」と怒った反論があると思っていた。だが、しんと静まった部屋ではいくら待っても謙也の声は聞こえてこず、次第に颯生は不安になる。

「……うん。そうか。わかった」

どんよりと濁って痛い、重苦しい声が耳を掠《かす》め、一瞬その声を発したのが誰なのか、颯生はわからなかった。こんな声を発する謙也を颯生は知らない。戸惑いと、ぐうっと気道を圧迫されたような苦しさのほうがさきに立って、反応しそこねてしまった。

「いいよ。おやすみ。明日の朝、始発が出たら、帰るね」

（え……？）

これが怒り任せの捨て台詞であれば、颯生も勝手にどうぞと言い返すことができただろう。しかし、謙也の声は感情など捨てたかのように静かで抑揚がなく、彼が布団に潜りこんだのを悟った瞬間、どっと冷や汗が出た。

（え、なに……マジで怒った？　っていうか……俺、言いすぎ、た？）

どくどくといやなふうに胸がざわついて、手足が冷たくなる。そのくせ振り返って詫《わ》びることもできないまま、颯生は寝苦しい身体を硬直させていた。

そのまま朝になったら謝ろうと思っていたけれど、寝そびれたせいで疲れた身体は明け方になってふっと意識を失い――目が覚めればたたんだ布団だけがあって、謙也の姿はどこにもなかったのだ。

（話しあいで解決するんじゃなかったのかよ）

朝いちばんには当てつけがましい態度だとむかついた颯生だったけれど、さすがにあれは自分の失言のせいだという自覚はある。けれどいまさら謝るということもできないまま、既に二週間が経過した。

いままでも、小さなけんかはしたことはある。そういうときは大抵颯生がヘソを曲げているだけで、謙也がしかたないなあと苦笑しながら折れてくれていた。

だが、ちらりと流し見た携帯には着信履歴も、あれほどこまめだったメールの一通もないままだ。無意識に肩を落とした颯生だが、数分後にはまたむかむかするものを覚える。

（そっちがその気なら、こっちから絶対、連絡なんかするか）

情緒が安定しなくて、ぐらぐらしてつらい。けれど、それを怒りに転化させてしまうほうが颯生にはたやすかった。

哀しいなどと思いたくはないからそうするのだと――哀しさを自覚してしまったら、いまの比ではなく不安になるとわかっていたからだと、心のどこかで気づいていながら、無視をする。

恋人からメールが来ない。こんなつまらない理由で目の縁を赤くする自分など、颯生は知らない。

なぜならいままでの相手にはそもそも、期待さえ持つこともはばかられていたからだ。

(あまえていいって、言ったくせに)

見た目に反して恋愛体質で、さんざん鬱陶しいと切り捨てられたから、せめて表面だけでもポーズをとるように努めてきた。その殻ごとむしりとってあまやかしたのは謙也なのにと、理不尽と自覚しながら颯生は繰り言が止まらない。

こっそりとつぶやきため息をついた颯生は、手元のピンセットを操ることに集中する。微妙な力加減を間違えれば石に疵《きず》がつきかねないし、そうでなくともこうした小粒のものは紛失しやすいのだ。

(ああ、そうだ。今度、トルマリン使ってもっと色の多いグラデーションもいいかな)

パステルふうの色あいが豊富な半貴石をふんだんに使う、遊びたっぷりのものもいいだろう――ようやく目の前のデザインだけに集中し、新しいアイデアが浮かびかけた瞬間、背後から声をかけられた。

「――さん。三橋さん？」

「え、はい？」

途切れた思考に一瞬舌打ちでもしたい気分でいながら振り向くと、火野がお茶菓子を手に立っている。なにか用なのかと内心の苛立ちを隠して笑みを浮かべれば、彼女は盆に乗せたそれらを颯生の手元に差し出した。

「少し休憩入れませんか？　あんまり根つめすぎても意味ないですよ。どうぞ」

おっとりした声を聞いた瞬間、ぶわっと胃の奥が熱くなり、颯生は自分の目がつりあがるのがわかった。

（あー……だめだ、さっきの、消えた）

曖昧ながら摑みかけていた新作のアイデアが、もう見えなくなってしまった。残像を必死にかき集めたところでもう無駄で、こうなればまた次に『摑める』タイミングを待つしかない。

「いや、あのですね……」

「はい？」

細密な作業をしているときに、お茶だの菓子だのを近くに持ってこられても邪魔だ。そう言いかけて、颯生は口の端にあがった不機嫌を、無理矢理飲みこんだ。

「……いただきますけど、いま机がごちゃついてるんで。そこに置いておいてください」

やめたのは、火野に悪気がないことを承知していたせいだ。そしてふと、こういうとき謙也ならどういう物言いをするだろうと思ったら、自然と言葉が口から出た。

「あ、そうですよね。置き場なかった、ごめんなさい」

できるだけ穏和に、角が立たないように告げれば、火野は焦ったように頭を下げてくる。だが謝ることはないと片手を振って、颯生は作業に戻った。

(しょうがねえや、ふつうは『頭の仕事』ってわかんねえし……)

じつのところこういう単純作業は、なにか新しいものを作るときや考え事にはもってこいで、大事な思索の時間だ。だが端からはただの手作業にしか見えないし、頭に浮かんだアイデアが消えたことなど、彼女の知る由ではない。

根をつめても意味がないとか、頭を休めろとか言われるのが、颯生はかなりきらいなのだ。大抵そういうことを告げてくる相手は、こちらが頭のなかで数時間、数日間と考え続け、ようやく糸口を掴んだ瞬間に体当たりをかますようなタイミングで邪魔をする。

機嫌が悪いときには、「頭を休めてどうする、脳が停止するのは死ぬときだけなんだ」と食ってかかったことさえある。それで人間関係の空気をまずくしたことなど、何度もあって——なのに考えてみれば、そういう揉めかたを、謙也とは一度もしたことがない。

(そうだ……考えてみたら、謙ちゃんにはこういうむかつき、なかったな)

むしろ見事なまでのタイミングで、ごく自然にお茶や休憩を勧めてきてくれて、ひりつくほど張りつめた神経がやわらいだあとには、すごく集中して仕事に向かえた。

（そうだよな。ああいうふうに、気を遣うのがすごく、うまいのに……）

心遣いの細やかな謙也が、あれほど気にして怒ってみせたのはよほどのことだ。自分も悪かったのだろうと、本当はわかっていて、そのくせ謝ることもできないのが、よけいいやなのだ。

（でもあのけんか……マジで、根深かったらどうしよう？）

どうせそのうち彼からの連絡があるだろう。そうしたらこっちも謝って、もう少し素直になると伝えればいい。そんなふうに高をくっている自分があまりに傲慢《ごうまん》で、本当に消え入りたいと颯生は思う。

なんだか謙也とつきあって、自分は性格が悪くなったんじゃないだろうか。謙也のやさしさにあぐらをかいて、いちばんきらいな人種に変わったんだろうか。そう思うとぞっとして、背中がいやな感じに冷たくなる。

（謙ちゃん、呆れてるかな。……っと……このR《曲線》は気をつけてもらわないと）

落ちこんでいるくせに頭の半分では冷静に造りの仕上がりを考えている自分がいて、颯生は少し皮肉に笑う。

（しっかりしろよ）

ぐらつく自分を叱咤《しった》しながら、どうにか颯生は目の前の仕事だけに意識を集中しようとした。そうでもしなければ、際限なく謙也のことばかり考えてしまいそうな自分を止められそうになかった。けれど、やはり気づけば手は止まり、鬱々とした気分になっている。

（ああ、もうっ……いつまでグダグダしてんだよ。だったらさっさと、謝ればいいだろ！）

そんな自分にいちばん呆れる。この仕事が一段落したら、休憩するとでも言って席を立ち、メールの一通も打てばいいだろう。

（そうしよう。自分から連絡しよう）

どうにか颯生が謝る覚悟を決めたとたん、背後から火野に声をかけられた。

「すみません三橋さーん、お電話です」

「――あ、はい？　どちらからでしょう」

狭いオフィスでは、いちいち内線呼び出しなどはしない。保留にしたままの電話を指さし、彼女がけろりと言い放ったそれは颯生の心臓を打ち抜いた。

「クロスローズさんから」

（え）

謙也の勤め先だ。まさか彼から――と思って、冷や汗をかきつつ受話器をあげると、聞こえてきたのは野太い声。

『おっ。三橋ちゃん、おつかれー』

「野川《のがわ》さん……」

安堵《あんど》と落胆を同時に味わいつつ、謙也の先輩でもある野川と社交辞令を交わす。用件は、今度開発した『Nobility & Grace』について、クロスローズのほうでも取り扱えないかという話だった。

「願ってもない話ですが、それはたぶん社長と、親会社のオガワ貴石さんのほうで話をしないと」

『むろんね。でもほらこういうの、さきにつないでおいたほうが間違いないじゃん？』

契約デザイナーの颯生では権限がないと告げれば、あっさりとした声で野川も、俺も下っ端よと笑う。お互い『上のひと』におうかがいを立てたのちにと笑いあい、あとは世間話へ流れていった。

『フレシュも相変わらず好調だし。そっちやばくなったら戻ってきてよ』

「はは、またそんな……天下のクロスローズさんが、なに仰《おっしゃ》るやら」

『いやいやほんとに。羽室も三橋ちゃんとはうまくやってたしさあ、またなんかありゃ、頼むわ。飲みにとか行ってんでしょ？』

職場が同じ野川が、彼の名前を出すのはなにもおかしいことではない。予測していたくせにどきりとして、颯生は喉に絡む声をどうにかこらえて平静を装った。

「あー……でも最近、会ってないんですよ。羽室さん、元気ですか？」

『ん？　ああ。元気だと思うけどね』

「……思う？」

同じ部署の人間に向けるにしては、ずいぶん妙な言いまわしだ。颯生が首をかしげていれば、あっさりとした声で野川は「年末に向けての催事準備や打ちあわせで飛び歩いてるから」と言った。

『いやほら、催事シーズンじゃない。あいつ部長のお供と催事催事で、この一ヶ月、内勤やってられる状態じゃなくて。俺も別方面で飛びまわってるし、すれ違いまくり。会社でも顔見てないのよ』

「ああ、そうなんですか」

営業本部の野川と違い、営業企画部にいる謙也は基本的に事務処理などの営業のバックアップと商品開発などの内勤が主だ。しかし、催事で人手が足りないときなどは引っぱり出されることもある。

そういえば以前も、大阪に出向いた際に土産を買ってきてくれたことがあったと思いだしながら、颯生は探りを入れるように問いかけてみた。

「じゃあ、まだ羽室さんはお帰りには……」

『ん？　いや待って……今日たしか名古屋から直帰じゃなかったか？　明日会議だし』

まあそのうち俺とも飲もうやと告げる野川に適当な返事をして、颯生は電話を切った。

(出張、続いてたのか)

これで連絡が来ないことに理由がついた気がしたが、やはりおかしいと颯生は思う。

（違う。いままでは出張に行ったさきからメールもくれたし……合間に会いに来てくれたことだって、いっぱいあった）

気づいてむしろずどんと落ちこんだのは、それらもすべて謙也からアクションを起こしてばかりだったと気づかされたからだ。

このままではたぶん、よくない。自分も悪いと自覚している以上、謝ることだけはしよう。謙也につれなくされるとしても、許してくれるまでちゃんと、謝ろう。

心を決めると、なんだか少し楽になった。そしてようやく手元に集中した颯生は、猛烈な勢いで目の前の仕事を片づけた。

その日の就業時間が終わるなり、颯生が決死の覚悟で電話を入れたとき、謙也はやはり少しだけ、ためらうようなそぶりを見せた。

「えっと、都合……悪い？」

『いいけど……まだ、いま名古屋なんです。たぶん七時二十四分の新幹線に乗るから、東京駅に着くのが九時だし、遅くなりますよ』

まだ平日だし、遅くなっては困るでしょう。そう告げる謙也の口調は以前のような丁寧なものに戻ってしまっていて、颯生は胸が痛くなる。だが、ここでくじけては、この数日間のもやもやがもっとひどくなると決意して、滅多に言えない本音を口にした。

「あの、でも。今日……会いたい、んだ」

『颯生？』

「け……謙ちゃんがいやなら、しょうがないけど。俺、会いたい。東京駅で待っててちゃ、だめかな」

まだここは会社の近くで、帰り道の途中だ。携帯で話す内容ではとてもないと思うけれど、きちんと伝えなければ謙也はやんわりと断りを入れてくるだろう。そう思って必死に言葉を綴れば、胸を苦しくするような沈黙のあとにかすかに謙也はため息をついて、言った。

『いま、まだ新橋だよね？　じゃあ、おれがそっちに行きます』

「え……」

『おれも、会いたいよ』

少しくすぐったそうに言われて、じんと耳が痺れた。うん、と小さく答えた自分の声があまったるく恥ずかしくて、それでもこの安堵に比べれば、なにほどの羞恥《しゅうち》かと思う。

「じゃあ、えと……駅のそばの、うん。……そこで待ってる」

何度か会社帰りに待ちあわせをした店を指定して、ほっとしながら颯生は通話を切った。

そこでふと、いっそ今日はこのあたりでホテルをとるのもいいかもしれないと考える。

たぶん喫茶店や飲み屋でできる話ではないし、どちらかの家に戻ってからとなれば、さらに時間はなくなってしまう。

（逆に、嫌味に思われるかなあ。でも……）

なによりも、気まずさを埋めるためには自分から謙也に触れるのがいちばん、気持ちを伝える方法としては適している気がしたのだ。

周囲を見渡せば、ビジネス街らしくシンプルなホテルの類《たぐい》にはことかかない。だめならだめでかまうものかと、颯生はそのうちの一軒に向かって歩き出した。

＊　＊　＊

謙也とホテルに入るのは、じつのところはじめてのあれ以来一度もない。お互いあまり出歩くのも好きではなかったし、そういうことをするには大抵、どちらかの部屋に泊まっていた。

「なんか……変な感じだね」

「あ、うん」

お互い思い出したことは同じようで、颯生と謙也はぎこちなく苦笑を浮かべる。

とはいえ今回は、セックスを主目的とした施設ではなく、サラリーマンが利用するいかにもなビジネスホテルだ。ひと目を考えたツインの部屋は、そっけなく狭苦しい。ふたつのベッドとなつかしいコイン式のテレビに、冷蔵庫のみのシンプルな部屋は、しんと静まりかえっている。

(謙ちゃん、引いてないかな……)

落ちあった喫茶店で顔を見るなりここへ誘った颯生に、謙也は少し困った顔をしながらも、ついていくことを了承してくれた。だが道行きにはあまり会話もなく、いまも狭い部屋には緊張感が満ちている。

「……あの、この間は」

「ごめん」

気まずい沈黙に耐えかね、颯生が口を開いたとたん、謙也がおもむろに頭を下げてくる。同時に発した言葉が重なり、再度「あれは」と言いかければまたユニゾンになる。

「詮索、しすぎたかもって。あとで反省した」

「そんな……俺こそ、感じ悪い言いかたして」

ぎこちない謝罪が続き、交互に頭を下げあった。三度目に颯生が顔をあげれば、謙也のうなだれたつむじが見える。お互い、コートも脱がずに立ったままぺこぺこしているのがおかしくて、思わず小さく笑ってしまった。

「なに?」

「あ、はは。なんかほら、こんな人形あったなって。水飲むやつ」

「え……ああ。はは。そうかも」

颯生が苦笑すると、なんだか謙也もようやく口元をゆるめてくれる。久しぶりに見る、眉の下がった笑顔にほっとさせられて、颯生は長い息をついた。

「座ろうか。ビールでも飲む？」

「え、颯生、帰らなくていいの？　おれは着替えあるから、いいけど」

少しリラックスしようと持ちかければ、謙也は少し戸惑った顔をした。出張帰りの謙也はともかく、颯生は着替えすらない。そのまま明日出社して平気かと問われているのはわかったけれど、そんなことを気にするくらいならそもそも、この場にはいない。

「帰らないよ。だからツインとったんじゃん」

「でも……」

冷蔵庫からビールを取りだし、心配顔の謙也に一缶放ると、颯生はひといきに半分ほどを飲み干す。ひどく喉が渇いていて、自分が相当緊張していたのだと思い知らされた。

「……泊まるのいや？」

「え、いやじゃ、ないけど」

喉を滑り落ちていく炭酸程度では、颯生は酔えない。だからいま、目元が赤らんでいるのは目の前にいる男のせいだと、謙也はわかってくれるだろうか。飲みさしの缶をベッドサイドのテーブルに置いて、颯生は謙也に腕を伸ばす。

「この間はほんとに、いやな言いかたしてごめん。仕切り直したいんだけど、だめかな」

「颯生……」

ベッドに腰かけ、まだためらう顔をした彼に抱きついた。一瞬だけ惑うように大きな手のひらが空を掻《か》き、そのあとおずおずと抱きしめられたときには安堵で涙が出そうになる。

（あ。キス、やさしい）

そろりと、うかがうように触れる口づけにじんわりする。何度も繰り返し、唇をついばんだ謙也の舌に、ゆるやかにその輪郭を辿《たど》られ、痺れを覚えた口腔《こうこう》を明け渡す。慣れたつもりで、けれどいつも触れるたび微妙に違う彼のキスが好きだと思う。

「ん……謙ちゃん……？」

どうしてあの日、この心地いいものをあんなに強く拒んだのかわからないと口づけに酔いしれていた颯生だが、しかしなかなか次の手順に移ろうとしない謙也を訝《いぶか》った。

長いキスを繰り返しつつ、謙也の手は颯生の腰を摑んだ状態から少しも動かない。いつもならばもうそろそろ、胸だの脚だのいじられて、服をはだけられている頃あいなのだが。

「あ、疲れてる……の、かな？」

いささか強引に誘った自覚はあるので、颯生の言葉も少しおずおずしたものになる。考えてみれば出張明けの夜、長時間の移動後となれば、身体のほうがうまくないのかもしれない。

残念だが、それはそれでしかたないか——と颯生は少し身体を離した。

そしてそこで、いつものようにあまい表情を浮かべていない謙也の、困りきった視線とかちあってしまう。にわかに胸がひやりとして、颯生は少し急いた口調で問いかけた。

「あの、まだ気にしてる？　この間の」

「いや、……あー……、うん、平気」

やはり、あんな言い争いをしたあとでは難しいだろうか。頼りなく眉が寄って、不安に駆られるまま謙也をじっと見つめると、彼は視線から逃げるように目を伏せる。

「やっぱ、まだ怒ってる……？」

「怒ってないよ。ほら、こっち来て」

目を逸《そ》らされたのがショックで、かすかに震える声を発すると、謙也は苦笑して抱き寄せてくれた。「でも」と言いかけた唇を塞がれ、軽く身体を押してベッドに倒される。

「怒ってないよ、ほんとに。気にしないで」

「で、でも……あ……あんなこと、言って」

するりと大きな手に脚を撫でられた。やんわり、円を描くように大事なところをさすられ、首筋にやわらかいキスが落とされる。

「き、きらわれたかなと思って……」

「きらわないよ」

あえぎながら、広い背中を抱きしめる。好きだよとささやかれて、耳から忍びこんでくる官能に颯生はぞくぞくと身体中を震わせた。そこかしこを撫でさすられ、吐息に色がつく。唇を求めれば謙也はあまやかすように舌を吸ってくれて、次第に息が荒れていく。

「あ……ん」

やさしい愛撫は嬉しかった。しかしどこか、どうしようもない違和感を覚えるのはそれがずいぶんと緩慢に感じられるせいで、颯生は胸を撫でられながら首をかしげる。

（でも、なんか……変？）

もう颯生のシャツは胸のなかほどまではだけていて、ふだんならここまで進んだころには謙也も少しは息を荒くしているはずなのに、呼吸音が平静なままなのだ。

仲直りをするつもりで、お互いに謝った。わだかまりは少し残っているかもしれないけれど、埋めあわせのためのいまのはずだ。なのに、どこか大きな間違いが残っている気がしてしまうのはどうしてだと思いながら、次第に痺れのひどくなった脚をもぞりと動かす。

（……あれ？　まだ⁉）

そうして、視線を落として気づいた。謙也の長い脚の間には、なんの熱も帯びていない。やっぱり疲れているのだろうかと心配になって「あの」と言いかけたとき、きゅうっと乳首を摘まれた。

「あんっだめ……やだ！」

「！」

不意打ちの刺激に、びくっと身体が強《こわ》ばった。少し大きな声が出て、静かなホテルの部屋にはやけに響くと颯生が慌てて口を押さえたその瞬間。ぴたりと、謙也の動きが止まる。

「……ごめん」

「え……？」

すっと身体を起こして、謙也は颯生から離れた。なにがどうしたのかと問おうにも、その青ざめた顔に驚いた颯生は身動きさえとれず、彼を見あげるしかない。

「やっぱり今日、帰る。颯生、ごめん。ホテル代、ここに置いていくから」

「え、ちょっ……なに、なんで!?　俺、なんかした!?」

「違う、違うけど……ごめん」

待ってくれと彼を追うつもりが、あちこち乱れさせられた衣服のせいで反応が遅れた。その間に謙也はあっという間にコートを着こみ、財布から万札を出すとテーブルに置いて、荷物を取りあげてしまう。

「颯生のせいじゃない。けど今日は帰る、ごめん！」

「ちょっ、け、謙ちゃん待って……！」

制止の声も聞かず、ただごめんと繰り返しただけで、彼は部屋を出ていった。ベッドに取り残された颯生はしばらく状況を理解できずに、呆然《ぼうぜん》としたまま硬直していた。

「なに、……なんで……？」

声を発したのは、謙也が消えてから二十分近くは経《た》っていただろうか。中途半端に乱れた衣服がひどく間抜けに思えて、もぞもぞと身仕舞いをすると急激に怒りがこみあげる。

「ちょっと、なにあれ、どういうことだよ!? ふざけんな! 俺のせいじゃないなら、なんなんだよ!?」

そして、荒い声を発した直後には、泣きたくなった。

颯生から身を離した瞬間、謙也はなにかに怯《おび》えるような目をしていた。それはなにか、急に我に返ったとでもいうような表情に見えて、颯生は心臓が止まるかと思った。

「胸触ったとたん、あの顔って……なんだよ」

まさかいまさら男だって気づき直したとか言うなよ。考えたくない最悪の事態が起きたのだろうかと、震える声でつぶやいて、颯生はベッドに突っ伏した。

(うそ、いまさらふられんの? いまさら、我に返ったとか言うわけ!?)

あんなに何度も抱きあったのに、もう謙也は醒《さ》めてしまったのだろうか。そうして颯生の身体に違和感を覚えでもしたのだろうか。だからあんな——触れたとたん、だめだと言わんばかりに顔を歪《ゆが》めたのだろうか。

「そりゃねえだろ……っ」

呻《うめ》いて、シーツをきつく摑む。こんなに好きにさせて、あまやかしておいて、やっぱり夢から覚めましたなんて言われてももう、颯生はどうにもなりはしない。

追いかけて真偽を問いただす勇気も持てずに、颯生は苦しくてたまらない胸を掻きむしり、小さく身を丸めた。

＊　＊　＊

最悪だ、とつぶやいた謙也の口元には、めずらしく煙草《たばこ》がくわえられている。滅多に喫煙することもないし、味も好きではないけれども、どうしようもなくやさぐれた気分はニコチンでも摂取しなければやりきれなかった。

握りしめた携帯の液晶画面を見る謙也の目は、暗く濁っている。もう何度も、電話をかけようかどうしようかと逡巡《しゅんじゅん》したまま、時計表示だけが変わっていくけれど、謙也の指は発信のためのボタンを押すことさえできないままだ。

手のなかで、小さな機械がじっとりなまあたたかくなる。謙也は日付が変わったころに、あきらめの息をつきながら、けっきょく用をなさないままの携帯をテーブルに置いた。

（こんなことになるなんて……）

いま現在、謙也がいるのは出張先の大阪のホテルだ。ビジネス仕様のそこは本当に寝るだけの空間で、長身の謙也にはかなり狭苦しく、ベッドも脚を折り曲げないと寝られない。そしてこのロケーションは、あの日の苦々しい記憶を否応なく思い出させて、たまらない。

それだけでも陰鬱な気分になるのに、今回は出張のたび送っていたメールのひとつも送れず、またむろん電話さえもできない。そもそも、出張に行くことさえ、颯生に報告できていないのだ。

（っていうか、それ以前の問題だ）

颯生とどうにも気まずいけんかをしてから、すでに一ヶ月。めずらしく歩み寄ってくれた彼を、まるで突き放すようにホテルに置き去りにしてからだけでも、二週間が経っている。

このままではどうしようもない状態になるのはわかりきっていて、けれど身動きがとれない。あげくにはなにかと慌ただしいのを言い訳に、あらためて謝ることもしていない。そして颯生からの連絡も途絶えたままで、いったいどうしたものかと思う。

「ほんと最っ悪、おれ、最低……」

つぶやき、謙也は苦い煙を吐き出した。このホテルの自販機で適当に目について買っただけの銘柄はピースライト、ふだんなら噎《む》せてしまいそうなほどのきつい煙草なのに、少しも味がわからない。

（颯生、絶対泣いただろうなあ）

正直言えば、きっかけになったあの日のややこしい行き違いなどは、いまではさほど気にしていない。お互い、引っこみがつかなくなっただけのことだと、さすがに冷静になればわかっている。

だが現在、颯生の声さえ聞く勇気が持てないのは、ホテルに置き去りにした瞬間の颯生の表情が、目に焼きついて離れないからだ。たぶんあんな別れ際で、颯生はきっと傷ついている。けれど、いまの自分は余裕がなさすぎて、慰めてやることさえできない。

それどころではない問題が派生してしまったからだ。

この恐ろしい現象の端を発したのは間違いなくあの日のことで、だからこそ颯生にはばれないようにしたい。しかしいま顔をあわせたら、気配に出さない自信はない。

かといって颯生を放っておきたくないのだ。年上の彼は強気なようでいて、いろいろ気にしやすい部分もある。たぶん謙也よりずっと神経が鋭くて、一度落ちこめば根が深い。今回の件についても間違いなく、引きずるのは颯生のほうだろう。

こちらがさっさと折れてしまえばそれですむ話だと思っていたし、先日も向こうから連絡をくれたのは少し意外で、だが嬉しかった。

だからこそ、自分でいまの自分に、謙也は驚いてしまっているのだ。

「どーすりゃいいんだろ……？」

つぶやいた声は力なく、笑いも乾ききっている。そうしてぐったりと長い脚を投げ出すとベッドヘッドに身を預け、目を閉じてみた。

できるだけリラックスした状態を心がけ、謙也は夢想する。あの鋭く厳しい拒絶の言葉はできるだけ脳の隅に追いやり、やわらかく笑ってしなだれかかってくる颯生の顔を思い浮かべた。

抱きしめたときの、あまい匂《にお》い。さらりとした髪が肩や首筋に触れるときの、くすぐったくてなんとも言えない感触、抱擁《ほうよう》したという事実に覚える充実感。

——謙ちゃん、あ、……だめ。

いたずらをするように腰を撫でると、敏感に震える。颯生の身体は無駄な肉などひとつもなく、そのくせ貧相にもならない程度のきれいな筋肉がついていて、腰だけが頼りないくらいに細い。

はじめて彼の裸を見たとき、そのアンバランスさが却ってなまなましく、ごくりと生唾《なまつば》を飲むほどに興奮した。すごくきれいな身体だと思って、触れたくて触れたくて喉が渇き、頭が煮えた。

——いや、あ、そこ……そこだめっ。

感じてくると、体温があがる。しっとりといつもなめらかな肌が上気して、手のひらに吸いついてくるような感触になる。乳首を吸うと、腰がぶるぶる震えて、ぎゅっとやわらかい腿《もも》で謙也の身体を挟みこんで耐える。

——あ、あ、……指、やだ、指。

なかをほぐして慣らすのと、感じさせるのと、両方の意図で丁寧に探ると、最近ではだいぶあっさり溶けるようになった。そのぶんだけ恥ずかしさは増すらしく、ぎゅっと膝《ひざ》を閉じて拒まれることもある。けれど小さな尻をずっと撫でて揉んでいると、次第に焦《じ》れて、ゆっくり颯生は脚を開く。

（あー……なんか、勃《た》ってきたかも？）

入れるとすぐせつなそうにすすり泣いて、背中に爪《つめ》を立ててくる。あの痛さもけっこう気持ちいい。潤《うる》んだ目を閉じて、睫毛《まつげ》を震わせながら謙也のそれをきゅうっと締めつけて、もうたまらないと腰をうねらせてくるとき、どうしようもなく颯生はいやらしくてかわいくなる。

ぼんやり思い出すうちにもやもやとしたものを覚えて、謙也はもぞりと脚を組み替えた。

――あ、やっあ、おっき、大きいよ謙ちゃんっ……だめ、だめだってば、だめっ。

ここで失敗してはまずいし、どうあっても今日こそは。そう思って颯生のいちばん色っぽい顔と、激しいときのあえぎを思い出した。

そしてゆるい突きあげに不満で「もっと」とねだってくる、妄想のなかの颯生がきれいな目を開いた、その瞬間だ。

――だめだっつってんだろ、いいかげん、しつっこい！

「……うわあああああ！」

くわ、と睨まれた映像に思わずわめいて、謙也はがばっと身体を起こした。ざあっと一瞬で血の気が引き、呼吸まで荒くなっている。肩で息をして、しげしげとさっきまで熱っぽかった股間《こかん》を見れば、しんと静まりかえったままだ。それどころか、怯えるように小さくなっているのが体感でとっくに知れている。

「はは……は……」

薄笑いを浮かべ、ばったりと謙也はベッドに倒れこむ。なんだかもう、惨《みじ》めなのかおかしいのかわからないまま、やるせない気分を嚙みしめた。

しつこい、と颯生に手を弾《はじ》かれた、あの夜以来――気分に同じく謙也のそれは、沈みこんでいる。要は、思った以上に憂鬱が、顕著に身体に表れてしまっているのだ。

途中まで触れたあの夜「だめ」というひとことに、謙也は硬直した。そこまでも、どうも反応が鈍い自分がいて、けれど身体が疲れているせいだと思っていた。

一生懸命謝って、誘ってくる颯生はかわいかったし、色っぽかった。細い身体のあたたかさもただ腕に心地よく、このまま抱いて気持ちいい顔をしてくれれば嬉しいと思った。

けれど、胸に触れたあの瞬間。いやだ、だめだと颯生は小さく、けれど鋭く叫んだ。そして謙也はあの短い拒絶の言葉に、ぞっとするほど怖くなったのだ。

それどころか、なにをどうしていいのかわからず逃げるほどのパニックに陥ったのは――ゆるやかながら兆していたものが、一気に萎《な》えて、どうしようもなくなったからだ。

おまけに、そのショックはあの夜だけに留《とど》まらなかった。

ストレートに言えば、――謙也はあれっきりまるで、勃起《ぼっき》しない。

朝の生理現象は毎度訪れるから、機能的に問題があるわけではないのだろう。ただ、あの夜の記憶を思い返すと、その瞬間冷水を浴びせられたようになにもかもが冷めて、どうにもならなくなるのだ。

「おれって意外と繊細……？」

もう少し自分は図太いと思っていた。というかあの、たったひとこと――しつこいと拒まれたことが、こうまでこたえるとは思っていなかった。

なんというのか、颯生とのはじまりがはじまりであったので、身体のことは案外と気をつけていたつもりだった。身体目当てと決めつけた彼をかき口説いて、大事に大事に扱って、やっと最近うち解けたと思った、その矢先にこれだ。

――したければ、したら。でもしつこくしないでくれるかな。

突き放すような颯生の冷たい声がよみがえり、謙也はぶるりと背中を震わせる。

言い訳をさせてもらえるのなら、あの夜、謙也は身体だけ求めたつもりなどなかった。ただ、かたくなすぎる颯生にもう言葉もつきてしまい、気位の高い猫のような背中をそっと撫でてなだめたかった、それだけだ。

踏みこみすぎたことを、ゆっくり抱きしめて詫びれば聞いてくれるんじゃないだろうかと、そんなふうに思って触れた。けれど颯生にはそれが、身体でごまかす手段としか受けとられなかったのも哀しかったし、なによりあのひとことは、ふたりがこうなってしまった最初のころの、どうしようもないすれ違いに落ちこんだ気分を蒸し返してしまったのだ。

――けっきょく、身体だけじゃないですか。俺の人間性とか性格とかどうでもいいんでしょう。

好きだとはじめて告げた夜の、吐き捨てるようだった、冷たい颯生の声を思い出すだけで胸が痛くなる。どう言葉をつくしても、信用のない自分が哀しかったあの日から、ずいぶん努力はしたつもりだったのだが。

「はは。けっきょく……そういうふうに思われてるまんま、なのかなあ」

乾いた笑いがこぼれた。けれど、颯生の抱えた痛みに比べれば、たかが勃起でこうまで落ちこんでいる自分を知れば、そう思われてもしかたないのかとさえ思う。

だが、本当に自分ばかりが悪かったのだろうかというのも、本音ではあるのだ。

(だって……最初に好きになったやつに似てるって、そりゃないだろ)

まるでそれじゃあ、自分は代わりのようじゃないか。

笑いを浮かべた唇と反し、苦く歪んだ目元に腕を乗せたまま、謙也は重苦しい息をつく。

颯生から連絡の一本もないことも、けっこう胸に重くのしかかる。考えてみれば、連絡をするのは大抵謙也からばかりで、颯生からは五回に一回、それもこちらからのレスポンスという形でのことが多かった。

忙しいのは、知っている。プライドの高い颯生が、なかなか頭をさげることができないのも、そしてあんなふうにホテルに置き去りにしておいて、ふたたびアクションを彼が起こすことなど求めるのが無理だということも、重々承知しているつもりだ。

けれどけっきょくは自分が強引に結びつけただけの関係だったのではないのかと——ふだんならば考えもしない疑念がわき起こって、謙也はたまらない気分になった。

だからこそ、あの日連絡をもらえて嬉しかったのに、結果はあんな始末で。

「声、聞きてえなあ……」

ならば電話の一本も、こちらが折れていればいい。しかしそこでまたあの、つれない声と冷めた視線を向けられたら、今度こそ立ち直れなくなりそうで怖い。

あまりに情けない自分に頭を抱えて、謙也の大阪の夜は更けていった。

＊　＊　＊

約束のない週末を迎えるのはむなしい。この数ヶ月というもの、うまくいっていた恋人と充実した時間をすごしていたからこそ滲《し》みるそのせつなさに、胸が締めつけられそうだ。

最近では眺めるのも怖くなった携帯の着信履歴を見つめ、鬱屈したため息をついた颯生はフラップを閉じた。このところは、メールのセンター問いあわせもしていない。やりはじめたら一日中でもチェックしてしまいそうだし、別件のメールが届くたび、むしろびくっとしてしまうくらいだ。

(今日も、なんにも来ない……)

謙也からの連絡が途絶え、これでもう一ヶ月近くなる。つきあいはじめてからいままで、こんなにも時間が空いたことはない。颯生は既に怒りよりも不安でいっぱいになっていた。

ベッドで突き放され、泣くこともできず呆然としたあの夜、けっきょく颯生も途中でチェックアウトして、家に戻った。そうして悶々《もんもん》と考えたあげく、もう本当に死にたいくらいに落ちこんだ。

――颯生のせいじゃない。けど今日は帰る、ごめん！

焦ったように飛び出していった謙也は、ならばなんのせいであんな顔をしたというのだ。

(やっぱり、まだ怒ってたのか？　それで、俺が迫ったから引いたんじゃないのかな)

けれどやさしい彼はそうとは言いきれず、ただ逃げるしかなかったんじゃないだろうか。

なぜ、あんなに揉めて、謙也にきらわれたり飽きられるという可能性を考えもしなかったのだろう。どうしてもっと早く、自分から連絡のひとつもいれなかったのか。そうして滅入るまま、毎日家に帰ってからは、電話を睨んで無為な時間をすごしてしまう。

「――あっ」

ぐるぐると考え事をしていたら、使いこんだステッドラーの芯ホルダーがいやな音を立てた。芯研器に突っこんで先端を削っていたのだが、力を入れすぎてしまったらしい。ため息をついて再度新しい芯を入れ直していると、視界がじんわりと湿りを帯びた。

（うわ、ばかだろ俺）

会社で、仕事中にいきなり泣くか。自分を嘲《あざけ》ってみても、熱くなってしまった瞼《まぶた》はごまかせない。こっそりと目尻を手の甲でこすって、トレーシングペーパーに清書しかけたデザイン画を颯生は睨んだ。だが、〆切の迫っているそれらは、どうもうまくラインが引けなくて、何度も描き直しをする羽目になっている。

このところ颯生が手がけているのは、先だって懸案となった『Nobility & Grace』色石のバージョン。そしてフリーのほうで受けたメンズのリングデザインも、ほぼ同じ時期に企画案を出してくれと言われている。許可は得ているとはいえ、さすがに社内でべつの仕事をするほど剛胆ではないが、資料だけは家から持ってきてしまった。

（これ謙ちゃんをイメージしてたんだよな）

メンズでクールなデザインをというオファーでこの件を受けたときには、久々に趣味を活かせる仕事だと楽しかった。高級宝飾のデザインもいいけれど、やはり颯生としても、自分や同世代の男がファッションとして身につけられるようなものをときには作ってみたい。増してそれが彼氏をイメージしたものとなれば、楽しさは倍増だった。

だが、そういう私情を交えたから悪かったのか、めっきりこちらのデザインは進捗《しんちょく》状況が悪い。謙也とのごたごたで身が入らず、しかしこんなのもはじめての経験だと思う。

どんなに落ちこんだところで、仕事にさし支えたことはなかった。むしろ自分の仕事に邪魔な相手などいらないとさえ思っている節もあったくらいだ。

（なのにもう、なんにも、手につかない）

このところ考えるのは、あんなつまらないけんかで、謙也を失いたくないということばかりだ。謝れるものなら言いすぎてしまったときちんと謝りたいし、許してもらいたい。

だがもしも、もう謙也がその謝罪を受け容《い》れる気さえなくしていたら？

颯生の声さえ聞きたくないと、鬱陶しげにため息をつかれでもしたら？

（だめだ、怖い、やばい）

想像するだけで寒気がして、けっきょく電話ひとつかけられない。そして日が経てば経つほど、怖《お》じけた気持ちは強くなっていく。

奇妙な話だが、こうなってあらためて、謙也に対していかに自分が本気だったか、そして依存しあまえていたのかを思い知った。かつてけんか別れした相手も幾人かいなくはなかったが、感情的になって言うだけ言いっぱなし、そのまま疎遠になったこともある。

幸田――そう、こじれた最初のきっかけになった幸田にしても、やっぱり別れ際は気まずかった。ただその後の明智やなにかと比べれば、若かったぶん疵が浅くて済んだ程度の話で、謙也にはいい思い出だなどと言ったけれど、途中経過は苦かった。

（だって、言いたくないよ）

──やっぱりああいうのは、一時の気の迷いだと思うんだよな。

彼女ができて、目が覚めた。そして、颯生とはこれからもいい友達でいたいなどと、さんざんキスした唇で幸田は言ってのけたのだ。

笑うしかなくて、そりゃそうだよなと笑い飛ばして、泣くのも悔しいからなんでもないふりをした。本当は殴りつけてやりたかったけれど、そうしたらなにかに負ける気がした。

そのあとも、けっきょく別れた相手とは似たり寄ったりで、とどめが明智だっただけだ。アレに比べればどれもこれも、いい思い出と言えるだろうし、そう思っていたかった。

「──……っ」

ずきりと胸が痛くなって、こっそりと颯生は携帯を取りだす。メールの画面は先日の、意地を張りあったやりとりばかりが大量に残っていて、最後の一件はまた涙腺《るいせん》を疼《うず》かせるようなものだった。

【もうやめとこうよ】──つまらないけんかをやめておこうよ、というつもりで言ったのだろう謙也のそれに、関係の終わりまで示唆《しさ》されている気がしてくる。

あのとき、なぜ素直に頷けなかったのか。もう何度繰り返したかわからない後悔に胸を焼いていれば、手のなかの携帯が震えた。

どうせまた広告メールか、別件なのだろう。あきらめ混じりにチェックすると、謙也からの連絡だった。

（え？）

【今夜、話があります】というそれに目を凝らして、颯生は息を呑《の》んだ。連絡があったのは嬉しいけれど、この短い、たったひとことでは、謙也の気持ちがわからない。

それでも了承の旨を伝えるしかなくて、【了解】とだけ打ちこむ。

（別れたく、ないな）

どうかこれで終わりになることだけは避けたいと、祈るような気持ちで颯生は送信ボタンを押した。

＊　　＊　　＊

颯生と待ちあわせたのは、謙也のマンションの最寄り駅だった。自分のほうから持ちかけたのだから颯生にあわせると言ったのだが、彼は聞き入れようとしなかった。

「なんか、呼び出すみたいになっちゃって、すみません」

「いいえ」

単なる仕事仲間だったとき以上のよそよそしい空気に、謙也は思わず叫んで逃げ出したくなる。けれども、せっかく覚悟を決めたのだからと、唇を嚙みしめた。

久しぶりに会った颯生は、真冬の凍えた空気のせいだけでなく、ひどい顔色をしていた。

青ざめて、あの強気な表情が思い出せないほどに頼りなく目を伏せて、そのくせぴりぴりとした気配だけ強い。

「ええと、なにか食べるもの買っていく？」

「いらない。それより、話するなら、早く家に行きたい」

そっけない返答にも、怒りはべつにわかない。颯生はたぶん悪いことばかり考えて、緊張しているのだろう。ずいぶんと追いつめてしまったのだろうかと、妙に冷静な頭で謙也は考えた。というよりも、会えずにいた間、落ちこむだけ落ちこんだあげく、あきらめをつけるしかなかったとも言える。

ため息をついた謙也に、颯生は怪訝《けげん》そうに睨むような顔をした。けれど小さく笑うと、なにか痛みでもこらえるような顔をする。

この表情が果たして、自分のこれから話すことで晴れやかになってくれることはあるだろうか。

（そりゃ無理か）

場合によっては嘲笑《ちょうしょう》を浮かべ、呆れられることはあるだろうけれども、どうあってもあの数ヶ月前のようにきれいに笑ってくれることはないだろう。ずんと胃を重くする想像に耐えつつ、謙也は自室の鍵《かぎ》を開ける。

「……あがって」

「お邪魔します」

こんな苦い気分で颯生を招き入れるのははじめてだ。なんだか、あのあまったるい時間の全部がなつかしいなと思いながら、謙也は部屋のエアコンを作動させた。そして、そういえば颯生が最後にこの部屋に来たのはまだ、暖房を入れる必要がない時期だったなと思う。そんなにも長い間、ろくに会っていなかったのだとあらためて気づいて、また胸の奥が苦くなった。

「颯生、なにか飲む？」

寒くはないのかと問いかけると、無言でかぶりを振る。たぶん座ってと勧めても素直にはそうしないだろうなと思い、謙也はコートさえ脱がないままの颯生にそっと近づいた。

「ずっと、連絡しなくてごめん」

「い……いいから。話、なに」

目もあわせてくれない。当然だろうなと思いながら、覚えているよりラインの鋭くなった頬《ほお》に、そろりと手を添える。

「いろいろ考えこんでたんだ。でもやっぱり、颯生に話さないとと思って」

颯生がびくりと震えたのは、言葉にだろうか、それとも自分の冷たい手のせいか。たぶん両方だろうなと思いながら、さきに言っておかねばならないひとことを謙也は口にした。

「あのね。別れ話じゃないからね」

「え……？」

「まあ、聞いたあと颯生が、そうしたいならそうするけど」

不安定な表情ではあるが、颯生が顔をあげてくれてほっとする。笑いかけると戸惑った色を見せる、きれいな目をじっと覗きこんだ。

「ホテル、置いてっちゃってごめん。あと、いやなこと言ってごめん」

「そ、れは……もう、いいって」

「でもあのとき、なんとなく……おれ、それこそ身体でうやむやにしようとしたからね」

告げると、颯生がかぶりを振った。少し髪が伸びただろうかと、揺れる毛先に思う。きれいな顔に似合う、あまい色のやわらかいそれを撫でると、久しぶりの感触に指が痺れた。

「コート脱いで、座って。それでおれの話、聞いて？」

ゆっくり諭すように告げると、こくりと頷いた彼はようやくコートを脱ぐ。謙也もほっとしつつネクタイをゆるめ、ふたり分のコーヒーをネルドリップで淹れた。

「……なんで、連絡くれなかったの」

あたたかいそれをひとくちすすると、颯生は低い声で問いかけてくる。責めているというより、怖がっているのだろうなとわかる声色だった。

根掘り葉掘り訊いたりせずとも、落ち着いてきちんと見ていれば考えていることなどすぐにわかるのに。あの日どうしてあんなに急いていたのかなと、謙也は苦く笑う。

「ちょっと、話すの覚悟いったんだ。あと……確認もしたくて、それで連絡しなかった」

「覚悟って、なんの」

「んー……」

軽く息をついて、謙也はさっさと例のことを口にしようと決めた。引っぱるだけまたこじれるだろうし、覚悟がついたいましかないとも思えたからだ。

「あのさ。おれ、勃たなくなっちゃって」

「……は？」

「病院行こうかどうしようか迷って……一応検査したんだけど、心因性だって」

あのあと、悩みに悩んだ謙也はけっきょく、勇気を出してその手の病院で検査を受けた。結果的に身体機能としてはなんら問題がないというお墨付きはもらったが、完全に心の問題だと言われれば、それはそれで複雑だった。

なぜならば、具体的な治療法がないからだ。

「この間颯生放り出して帰っちゃったのも、じつはそれ」

「そ、れって……」

「やだって言われて、だめになっちゃった」

できるだけ、けろりと言ったのは、自分でもあまり認めたくない事実だったからと——颯生が責任を感じないようにと思ってのことだった。だが、みるみるうちに青ざめた颯生は、困惑をあらわにまばたきを繰り返す。

「えっとまあ、それで。いろいろ家でもイメージトレーニングとか、病院の先生に言われたみたいにやってみたけど、いまのとこ、全戦全敗」

「いっかい……も……？」

呆然と目を瞠ったまま、目の端に涙を浮かべる颯生は、こんなときでもきれいで――けれどやっぱり、悲痛な顔をさせてしまったなあ、と謙也は静かにせつなくなる。

「うん。まあ、朝とかはどうにかなってたりするけど、意図的に、ってなるとだめ」

「そ、それ……俺の、せい？」

乾いた笑いを浮かべると、颯生はじっとまばたきさえせず見つめてくる。その唇は震えていて、彼もどうしていいのかわからなくなっているのだと教えられた。

「いや、わかんないんだけどそれは」

「だって！　い、意図的にって、俺のこと考えるとだめってことだろ……っ？」

ぼかして言ったつもりだったのに、勘のいい彼にはすぐにばれたようだ。違うと曖昧に首を振ってみせたが、颯生は納得しない。

「あのときすぐ、ってんじゃないんだろ!?　まさか俺がしつこいって言ったあとから、ずっとそう!?」

もう何ヶ月だよ、とあえぐように颯生は言う。謙也は答えきれず曖昧に笑うしかなくなって、悲愴な顔をしている颯生の頭を軽く撫でた。

「んーとね……だから、まあ、最初は治ったら連絡しようと思ってたんだ。でもどうも、状況変わらないし、いつ治るかわかんないし、そうすっといつまで経っても会えないから」

ようやく覚悟が決まったのだと謙也が告げると、颯生は目の縁を真っ赤にした。ああ、泣いちゃうのかなと思ってそっとこめかみを撫でると、颯生はうつむいてしまう。

「まあ、そういうわけなんで、おれ、こんなんなっちゃったんだけど——」

まだつきあってくれるかな。

そう問うつもりだった謙也は、次にこぼされた颯生の笑い混じりのつぶやきに目を瞠った。

「よかった……っ」

「え？　……うわ！」

なにがだ、と面食らっていれば、唐突に顔をあげた颯生がすごい勢いで抱きついてきて、謙也はその場にひっくり返った。

「え、えっと、颯生？」

「ごめん。謙ちゃんほんとに大変なのわかるけど、でも、ごめん。よかった」

きらわれたんじゃなくて、よかった。笑いながら苦しいようなひずんだ声でつぶやかれ、謙也もまた苦笑がこぼれる。

「言うの、怖かったよな。病院とかも……ごめん。そういうの、ひとりで考えさせて、ほんとにごめん」

謝りながら謙也の頭を抱えこみ、髪を撫でてくる颯生の細い身体は小刻みに震えていて、ずいぶん不安にさせたんだなと思った。だから謙也は、あえて明るく言ってみせる。

「うん、まあでも、これもいいかなって」

「え？」

「いや。身体だけが好きなわけじゃないって、これで信用してもらえるかなあって」

だがこの冗談はあまり効果がなかったらしい。はっきりと颯生は傷ついた顔になって、また「ごめんね」と小さな声を発する。

「そんなふうに……思わせて、ごめん。か、身体に出るまで悩ませて……っ」

「え、いや、その。べつに日常に支障ないし」

「なくないじゃんかよ、あきらかに！　セックスできないじゃん！　どうすんの！」

どうにも自分の言葉は微妙にうまくないらしい。また落ちこんだ顔をさせてしまって、これはもういったいどうしたものやら――と考えた末に謙也が発した言葉は、またも斜めにずれたものだった。

「いや、ほら。最悪、颯生がおれのこと抱いてくれればいいんじゃないの？」

「え」

「よく考えたらそういう手も、なくはないんじゃ……って……あはは」

これも滑っただろうか。まじまじとこちらを見つめてくる颯生はきれいな目を瞠ったままで、謙也はなぜか背中に冷や汗をかく。

ぎゅうぎゅうに抱きついたままのしかかられていたけれど、ふと気づけば颯生は自分に覆い被《かぶ》さるように腕をついていて、その距離が徐々に縮まっている。

「あの……颯生……？」

「俺、いいけど……いいの？」

ふだんはあまく色っぽいと感じるその声が、なんだか違う意味で艶《なま》めかしい。そっと目を細められると、颯生特有の凛《りん》とした色香が増して——だがどうも攻撃的な気配がするのはなぜだろう。

「謙ちゃんがいいなら俺、抱いちゃうけど、ほんとにいいの……？」

かすれた声に、悲痛さと同時に欲情が滲んでいる。ごくりと喉を鳴らした謙也は、思ってもみなかった事態にただ目を丸くするしかできなくて——それでも、いまさらいやとは、言えなかった。

＊　＊　＊

謙也を抱いてみたいとは、正直言えば一度も考えたことはなかった。というのも颯生はどちらかといえば、抱かれるほうが好きなタイプであったし、もともとヘテロセクシャルだった謙也はそういうことを受け容れきれないだろうと思っていたからだ。

(なんか、どきどきする)

自分より身長も体重もある彼の身体を、謙也がしてくれるようにうまく扱うことはできなくて、服だけは自分で脱いでくれと頼んだ。そうしてさらされた、しなやかですっきりとした裸体には、こんな場合だというのにやはり興奮と情動が忙《せわ》しなくなる。

「なんにも……しなくていいから。全部俺がするから、触らなくていいから。謙ちゃん、じっとしてて」

「うん、わかった」

謙也はいつも颯生のことをきれいだなんだと言うけれど、スタイルという点で言えば謙也のほうがよほど整っている。厚すぎず薄すぎない、なめらかな筋肉が乗った胸板に、長い手足はモデル並みにバランスがいい。

そうして投げ出されている身体の中心にあるものは——颯生が知らないくらいに寂しげにうなだれていて、それだけがやけにせつなかった。

お互いに肌をさらして、たしかめるようなキスを何度もした。なめらかな張りのある胸を手のひらに撫で、ふだんと逆に彼の乳首へと舌を這《は》わせてみる。

「どう?」

「や、く、くすぐったい」

小さな色づいた場所は、慣れや体質で感度が違う。どうやら謙也はそこへの愛撫に慣れていないというだけでなく、あまり皮膚感覚が鋭敏ではないようだ。

しばらくしつこく遊んでみたけれど、やはり笑いをこらえるようにもぞもぞしているばかりで、颯生は少なからず落ちこんだ。

(なんか反応、鈍いよなあ。いろんな意味で)

この間と同じく、颯生だけが妙に息を荒くしていて、謙也は平静なままで。ひどく哀しいようにも思えたが、ままよと直截《ちょくせつ》な部分を握りこんでみる。

「……どんな感じ?」

「んー、まあ、感触はある……けど」

できれば反応してくれないかと祈るように考えていたが、そううまくはいかないようだ。それもあたりまえかと自嘲《じちょう》する。

「ごめん、ね……」

本当に、ただの八つ当たりというか、気分だけで言い放ったつもりのことが、謙也にこんなとんでもない事態を招いてしまった。詫びるようにそれに口づけ、颯生は何度もやさしく撫でさする。

だが、ふだんなら颯生のあまりうまくもない口淫《こういん》でも鋭敏に反応してくれるそれは、やっぱりうなだれたままで、むしろ颯生が触れたことで、なお縮こまったような気さえした。

「あのさ、謙ちゃん……脚、開いて」

「う、え。もう入れるの？」

早くないかと少し怯えているのもせつない。すぐに挿入する気はないからと頬に口づけて、試すだけのことは試すからと颯生は言った。

「前立腺マッサージ……効くっていうから」

試してみたかと問うと、医師にかかったときも、問診だけでさきほどの判断はくだされたらしく、さすがにそれはないと謙也は首を振った。

「じゃ、あの。……力抜いてて？」

「ええと、うん」

双方必死の――それだけに滑稽《こっけい》とも言えるけれど――面持ちで声をかけあい、いつもとまったく逆の体勢と立場で指を濡《ぬ》らし、手を握りあった。

（う、ちょっとどきどきする）

正真正銘の謙也のはじめてというやつを、場合によればもらってしまうのだろうか。不埒《ふらち》にも一瞬だけ、ときめいた颯生だったが、これだけこじれたあげくに、そうそう物事がうまく運ぶわけもない。

「い、……っ！」

「ご、ごめん、痛い⁉」

経験者としては極力気をつけたつもりではあったが、なにしろまったくの処女地だ。軽く指を忍ばせただけで謙也はかなりの痛みを訴え、濡れが足りないかとローションを足しても身体はどんどん強ばっていく。

「け、謙ちゃん……指が千切れる」

「いや、が、頑張ってんだけど……っ」

力を抜こうと努めてはいるようだが、冗談ではなく締めつけてくるので、おそろしく時間をかけてほんの少しだけ滑りこませた颯生の指先も血の気が失《う》せてきた。

（ってか……無理じゃねえ？）

これではいいところを探すもなにもなく、ただ痛い思いだけさせるのではなかろうか。脂汗をかいている謙也の顔を見るうちに、さきほどほんのちょっとだけ覚えた、男としての興奮など既に遠いどこかへ吹っ飛んでしまい、颯生もまた青ざめる。

「あの、もう、無理なら――」

「……いや、ごめん」

やめとこう、と言いさした颯生に、広い胸をあえがせた謙也が苦笑混じりに言った。

「マジ痛いな……こんななんだ？　颯生、いつも」

「え、い……いつもじゃ、ないし」

「でもさ。最初にしたとき、けっこう痛がってたよ、ね」

まだ呼吸さえつらいのか、切れ切れの声で言ったあとに、謙也は呻く顔を覆っていた長い腕をはずす。

そこに浮かんだ笑みに、そして続いた言葉に、颯生は息が止まるかと思った。

「ごめんね。おれ、こんな痛いことしてたんだね」

「そ、んな……」

いままで許してくれて、ありがとうね。

頬を撫でられて泣きそうになって、颯生は無言で謙也のなかを探っていた指を引き抜き、うなだれた性器にキスをした。

「ごめんじゃ、ないよ……ごめんは、俺だろ……っ」

思い出しきれないほどたくさん、やさしくしてもらったのに、自分は彼になにを言ったんだろう。

どれだけ思い上がっていたんだろう。腑甲斐《ふがい》なさと恥ずかしさに鼻がつんと痛くなり、反応を返さないままのそれの上にぼたぼたと涙が落ちた。

「え……颯生？　ど、どうしたの」

「ごめん、謙ちゃん、ごめんね」

いままでも謙也の前で涙腺がゆるむことは幾度かあったが、こんなふうにぼろぼろ泣いてみせたのは、たぶんはじめてだ。

「あの、泣かないで……」

「しっ……しつこいとか、思ってない。ほんとは思ってないから」

本当は嬉しかったくせに。あんな状態でも抱いてくれようとする彼に、あまえすぎて傲慢になっていたのだ。

どんどん自分の身体が変わるのも怖くて、それで謙也のせいだと八つ当たりをした。あげくこんな羽目になって、謙也を抱いてみようと思えば、彼は本当に全部、颯生に明け渡してくれて――もうぜんぜん、ひととしての器が違うと思い知らされる。

「好きって言ってくれて、セックスしてくれるだけでも、ほんとに嬉しかったのに……っ」

謙也をこんなに傷つけてまで守りたかったのはいったい、なにほどのプライドだというのか。そう思って声をつまらせれば、やさしい声が聞こえる。

「できなくて、ごめんね」

「違うだろ！　ひどいこと言ったの俺なのに、こんなんなってんのに、なんでごめっ……！」

しゃくりあげると、びしょ濡れになった顔を両手で包まれた。そのまま鼻先にキスをされて、ひぐっと情けない声をあげた口にもそっと触れられる。

「してくれる、なんて言わなくていいよ。おれがしたかったんだよ」

よしよしと頭まで撫でられて、あんまりやさしい手つきに胸が痛くなる。唇を噛んだ颯生に、まるで言い含めるように謙也は声を穏やかにした。

「すごく好きだから、いままでこんなに誰か好きになったことないから、加減わかんなかったんだ。それで全部知りたくて、しつこくしたから、それがきっと颯生のキャパ超えちゃったんだよね」

「ちが……」

怒られてあたりまえだと、なんで笑えるのだろう。責めてくれたらいいのに、いっそそのほうが楽なのに、謙也は颯生をどんどん苦しくさせてしまう。

「よくわかんないけど、焦ってたのかもしれない。図々《ずうずう》しかったのおれなんだから、泣かなくていいよ」

違う違うとかぶりを振っていると、強く抱きしめられた。颯生もしがみつくように腕をまわして、ぐずぐずと洟《はな》をすすりながら言った。

胸をあわせて体温を感じていると、それだけで幸せだなと思えた。

「お……俺、謙ちゃんができないなら、一生セックスしなくていい……」

けっこうまじめに言ったのに、謙也は小さく噴きだしていた。

「おれのこと抱くのはさすがに無理かな……その気になんない？」

「なってなくない。けど、痛がらせるのやだ」

いつも謙也が言うそれをそのまま返すと一瞬彼は考えこみ、「そっか、そうだね」とやさしく笑われた。たまらずにその唇に吸いついて、颯生はキスだけでもいいと涙声でささやく。

「そのかわり、いっぱいキスしよう？　好きって、俺……俺も、言うから」

謙也が言ってくれる十分の一も、口にしていなかった。照れて、わかってくれるだろうとあまえて、それで彼を不安にさせたから、いままでのぶんも好きだと言おうと颯生は思う。

「大好き、謙ちゃん」

「あはは。やっぱ言われるの嬉しいな。でも図に乗りそうだから、あんまり言わなくてもいいよ」

「やだ。言う。……すごい、好き。ほんとに好き」

半ば意地で照れながら言う颯生の背中を、撫でてくれる手が大きい。おまけにこちらの羞恥をやわらげるように謙也はそんなことまで言ってくれて、その落ち着き払った態度には少し哀しくなった。

（あきらめちゃってるのかな……）

あんなにも求めてくれた謙也の激しい熱量が、いまは静かに落ち着いている。贅沢《ぜいたく》で身勝手なことに、颯生はそれを寂しいと感じているのだ。

（俺が、そうしたくせに）

男としてのアイデンティティ崩壊までかかった事態に追いこんで、どこまでわがままなことを考えるのか。自己嫌悪に陥りそうな颯生の耳に、ふと謙也の声が聞こえる。

「ん、じゃあ。リクエスト」

「なに？」

ぼそぼそと、言ってほしいと告げられたそれはさすがに恥ずかしいなと思った。しかし、ふだんからこっぱずかしいキャッチコピーのついたエンゲージリングだマリッジリングだという商品を手がけているのはどこの誰だと、颯生は羞恥をこらえたほの赤い顔で口を開く。

「……愛してる」

「え……」

口にすると、じわっと胸が潤むように熱くなった。まさか言うとは思わなかったのだろう。うわ、とつぶやいた謙也の顔が一気に赤くなり、「なんだよ」と颯生は睨みつける。

「い、言えってそっちが言ったんじゃんか。なんで驚くんだよ」

「あー、うん……おれも言っていい？」

「やだ、いらない！」

おずおず前置きされて、茹《ゆ》であがった顔を歪め、速攻で颯生は拒否をした。そのさまがあまりに必死だったせいか、謙也は一拍おいてぶはっと噴きだす。

「い、いらないってひでえ！　おれの愛、いらない⁉」

「それはいるけど、台詞はいい……っ！　死ぬから！」

げらげらと笑う謙也の肩を摑んで揺さぶりながら、颯生はしかめっつらで叫ぶ。するとまだ笑いをおさめきれないまま、引き締まった腹を痙攣《けいれん》させつつ喉に絡んだ声で謙也が問いかけてきた。

「はは、あはは！　なん、……なんで死ぬの」

恥ずかしいから？　と喉を震わせて笑われ、憮然《ぶぜん》としつつも颯生は本音を口にする。

「……んなこと言われたら、嬉しくて死ぬ」

「え……？」

「そんで、泣く」

言った端からまたじわっと目元が滲み、本当に涙腺が壊れたなと颯生は他人事《ひとごと》のように思った。

「うん。……愛してます。すごく」

笑いをおさめた謙也がその瞼に唇を落として、言うなと言った台詞を口にするから、けっきょくはこらえたそれも頰を転がり落ちていく。もう一度硬く抱きあいながら、颯生は前々から考えていたことを口にした。

「俺今度、謙ちゃんの指輪作る」

「ん？」

「ファッションリングに見えるやつ。原型から全部作るから。もらって。つけるの、中指でもOKに、しとくから……でも俺といるとき、違う指にしてくれると嬉しい」

それって、と目を瞠った謙也に頷くと、しばし無言になった彼は颯生をまじまじと見つめたまま、痛いくらいに抱きしめてきた。

「どうしよう……すげえ、嬉しい。ほんと、おれも泣きそう」

「勘弁しろよー……」

そんなに感激されると困ってしまうと颯生は笑った。謙也も実際涙声でいたから、笑ってしまうしかなくて、けれどせつなさに耐えきれず強く、目の前のあたたかい身体を抱きしめる。

「……ん？」

彼の膝の上に乗り上がるようにぴったりと抱きあっていると、ふと違和感を覚えた。いや、ある意味では馴染《なじ》みのある感触だったが、まさか——と思っておずおず下を覗きこむと。

「颯生？　どしたの」

「け……謙ちゃん……」

赤い目をした彼はまだ気づいていないようで、唇を震わせながら名を呼ぶ颯生の視線をそのまま追いかけたあと、「あ」と声を出して固まった。

「たっ……勃ってる？　ひょっとして？　なんで⁉」

「なんでってて、なんでってわかんないけど、でもこれ……っ」

また萎えられては困ると急いで颯生がそれを握れば、ぐっと謙也は喉をつまらせる。ついでにものすごい勢いで完全な状態になり、颯生はむしろ心配になった。

「あの、あの、触っても痛くない？　平気？」

「ち、違う意味で、痛い……かも……な、何ヶ月分？　これ？」

張りつめきったそれに謙也自身ついていけないようで、なんだか混乱したまま顔をしかめている。ここまでいけばつらかろうことは同じ器官を持つ颯生としても理解できた。

だが、それよりなにより久しぶりの熱を感じて、嬉しくて、ぷつんと颯生のなかでなにかが切れる。

「ちょ、ちょちょちょ、ささ颯生!?」

「んん……らに？」

うずくまり、無言で謙也のそれを口に含むと、頭上からは焦ったような声がした。

いや？　とくわえたものを離さないまま上目に問いかけると、謙也は顔どころか全身を真っ赤にする。

「や、や、やじゃないけど」

「じゃあ、する。これ、舐《な》めるから」

本格的にぱくりとやると、小さく呻く謙也の声が聞こえた。久しぶりに耳にするそれに颯生の背中がじんわりとむずがゆくなり、派手な音を立てて熱心に舐めしゃぶってしまう。

「あ、も、……颯生……っ。ちょっと、おれ我慢できないんだけどっ」

「んん？　ああ、口に出して、いいから……」

顔にかけてもいいよと言い添えると、謙也は喉から変な音を出した。呻きそこねたような
それとともにぺろぺろとしゃぶっていた性器がまた大きくなる。

「すっげ……こんなんなったの見たことない」

「もう、ちょっ……だ、だから、我慢できないってっ」

思わずうっとり颯生がつぶやけば「ああもうっ」と呻いた謙也は勘弁してくれと言った。

「あのさあ、あのさ、それでおれは颯生に触っていいの？　それともまだ、だめ!?」

「え……？」

「颯生のいやなことしたくないんだよ。けど、んなことされちゃ、ほんとにきつい……っ」

見れば必死に視線を逸らし、両手でシーツをきつく握りしめている長い指があった。全部
するから触るなと言った颯生の言いつけを守っているのだと知って、たまらなくなる。

「……謙ちゃん、引くなよ」

「引くって、な、なに……え？」

汗の浮いた広い胸を押して、目を眇《すが》めている謙也をベッドに倒す。もう本当に自分がどう
かしていると思いながら、颯生はその伸びやかな身体にまたがった。――頭の向きを、反対
にして。

「さっ、颯生、これ」

「前に……したいって言った、じゃん。……だから、その」

正直言えばいますぐやめたい。あんな場所を謙也のきれいな目の前にさらして——しかもなにもされないのに颯生のそこはすっかり高ぶっていて、恥ずかしいことこのうえない。

でももう、無理かと思っていた謙也の熱を手にして、感じて、それが泣きたいくらい嬉しいと思っている自分がいちばん恥ずかしいから、この際ほかの羞《は》じらいは捨てた。

「一緒に、舐め、て……って、あ、あん！」

「颯生……っ」

そうして引くどころか、感極まった声で尻を両手に鷲掴《わしづか》みされ、噛みつくようにあの場所へと口づけられた。

「も……いきなりっ、んん……ばか……」

すごい格好をしたうえ、さらにすごい状態にやわらかな肉を開かれ、いつもならやめろ恥ずかしいと文句を言っている唇は、小さなあまい悪態ひとつで謙也のそれに覆い被さる。

（もう、なんだこの大きさ……口に入りきんないって……っ）

大丈夫だろうかとちょっとだけ心配になるくらい謙也がすごくて、なかに入れる前に一度出さないと、真剣に身体がまずいかもしれない。そう思っていられたのは最初のうちだけで、弱い部分を舐めねぶる謙也の舌に、颯生の思考力も麻痺《まひ》していった。

「すっごい、触りたかった……ここ」

「あっ、あっ、あっ」

「家で、ひとりでいると、こうすること想像して、そんで勃ちそうになるのに……途中で、だめで。なんでだよって、颯生のお尻に入れたいって思うと、どうにもなんなくて」

「あああんっ、そこ……だめ、そこ、そこ」

でも本物だと頬ずりまでされて、勝手にいやらしいこと想像するなとわめきたかった。けれど、颯生の口からは呆れるくらいの嬉しげな嬌声《きょうせい》しかこぼれてはこない。

「あ……んふ……ふぁ、ああっふ」

切れ切れに聞こえる自分の声が、くぐもっている。あえぎながらも謙也の張りつめきったそれをしゃぶる動きが止められないからだ。

「颯生……さつ、き」

荒れた息が、濡れた尻の奥にかかる。鋭敏になった粘膜の入り口をねろりと舐められ、尻の肉を齧《かじ》るようにされながら大きな手で颯生の性器をいじる彼は、熱に浮かされたように自分の名前ばかりを呼んだ。

まともな言葉など紡げないというように、恥ずかしい場所を熱心にいじってくる謙也の勢いに、ふだんであれば颯生は怯《ひる》んでいたかもしれない。だがいまは、怯むどころか目の前にあるもののすごさにくらくらするだけで、夢中で吸いついてはしゃぶってしまう。

（も、すっげえ、なにこれ、すげ……勃ってる……）

　待って待って待ちわびた謙也の勃起したそれは、限界まで張りつめているのがわかった。慎重にさすってやらないと痛むようで、ときおり呻きを漏らす謙也に向かって颯生は首をねじ曲げる。

「なあ……痛い？　謙ちゃん」

「ん……まだ痛い、けど、颯生の舌、すげえ気持ちいー……」

　もっと舐めて、とねだられて、うんうんと頷いてはまた先端をくわえた。放熱するように熱いそれから溢《あふ》れ出す粘液を舌でこじり、根本まで揉みしだきながらすすってやると、熱っぽい息が身体の奥に吹きかけられる。

「ああ、も……颯生、颯生のここもすげえ」

「はふっ……ん、あ、だ、め！　舌、いれっ……ああ、ああ！」

　ぬるっと狭間に舌を滑らされ、左右に肉を開いた謙也が尖らせた舌で突いてくる。ぐっと押しこむようにされると、すっかり謙也の愛撫でとろけきったそこが先端を飲むのがわかって、颯生は嬌声を発した。

「指、入れていい？」

「ん、ん、ん、……っ」

　どろどろにされた場所へ、さらにローションを纏った指が触れた。一も二もなく頷けば、ほころびかけた場所へ硬いものがぬうっと入りこんでくる。

「んく、あー……っ」

久しぶりの感触に、それだけでいきそうになった。だがたしかに感じているけれど、謙也はなにかをたしかめるように指を動かし、少し苦い声を発する。

「……硬くなっちゃったね、ここ」

「あっあっ……あっ」

ぬくぬくと小さく抜き差しをしただけでも、抵抗感が強い。そもそも謙也が使い物にならなくなる前からセックスはけっこうご無沙汰《ぶさた》で、このところはあきらめもあってケアさえしていなかったから、窄《すぼ》まりは本来の形どおりに慎ましくなってしまっていた。

「む、り……まだ、はいんな……っ」

あまくあえぎながら、それでも颯生はもどかしいのは同じだと視線で訴える。謙也はどこか苦しげで、ぎりぎりまで耐えているような顔だったけれど、それでも笑いかけてくれた。

「うん、入れない……大丈夫、痛いこと絶対しないから」

「う、うん……あ、あっ」

ゆっくりする、とまた指を入れた場所を舐められて、がくがくと颯生は腰を振った。そのままぬるっと前のほうにまわった唇が、張りつめた性器の裏をついばみ、かぷりとやわらかく噛みついてくる。

「ひっ……あっ……」

「させて。いやじゃ、ないよね」

「ないっ、ないから……いいよ……っ」

鼻先をすり寄せるようにしながら伸ばした舌でやわやわと舐《ねぶ》られ、颯生は下腹部を震わせる射精感に堪えた。大きく開いた口のなかに吸いこまれ、舌で先端をこじりながらあまく噛まれると、がくがくと身体が揺れて、自分のものではないような高い声が漏れる。

「ああ、ああん！」

飢えていたのはこちらも同じだとわかる反応に謙也が息を荒くして、噛みつかれた太腿には歯形が残ってしまった。

「ああ、もう、もう……一緒に、そんなっ」

「んー……」

もうだめ、と腰を振っても謙也は無言でそこを舐めつくす。溶ける、と思って、けれど性器は言葉に反して張りつめるばかりで、お返しに謙也のそれを舐めるほかなにもできなかった。

(しょっぱい……いっぱいたまってそう……)

うしろの指はゆっくりゆっくりと颯生を拡げることに専念している。だがときどき指がびくっと動くのは、謙也に限界が近づいているからだろう。

「も、これ……無理、だろ？」

「う、でも我慢……するから」

ひきつった顔で笑おうとする謙也に、颯生は胸が締めつけられる。指を抜いて、とせがんでもう一度顔の位置が同じになるように彼へまたがると、お互いの体液で汚れた唇をあわせた。

「な、……なあ、謙ちゃん。まだ入れられないけど、ほか……なんか、したいのない？」

なんでもいいんだけど、と颯生は赤くなりながら告げる。

「え？　ほかって？」

「だ、だから……それこそ女の子なら、胸に挟むとかできんだけど……無理だし、その」

素股《すまた》とか、いろいろあるよね。さすがに恥ずかしさのあまり小さい声でささやくと、謙也はあからさまにごくりと息を呑み、目を瞠った。

「ええっと……し、したいのあるんだけど、いい？　ひ、引かないかな」

「うん、なに？　なんでもする」

顔射でもホントにいいよと言い添えると「うぐ」と謙也が呻いて唇を噛んだ。

「さ、颯生そういうの言うとおれ、まじいっちゃうから……あの」

「あ、ご、ごめん」

けっこう言葉に弱いのだろうか。ぼんやり思いつつ「それで」と重ねて問えば、謙也がぼそぼそと、リクエストをつぶやいた。

「――……マジ？」

「う、うん」

「それ楽しい？　ほんとにやりたい？」

「いやかなり……あ、で、でも、やなら」

正直面食らったが、べつにいやでもない。ただそれこそ、つまらないのではないかなと思いながら、颯生は四つん這いのまま謙也の身体の上でうしろに下がった。

「やじゃ、ないから。する、ね」

「う、……うん」

そして、手を添えなくても上を向ききったままのそれにめがけ、そろりと身体を下げていく。巨乳の女子ならそれこそパイズリとなるところだが、つるんと平らな颯生の胸ではどうしようもない。

だがそれが謙也の『したいこと』なら。

「……うん……っ」

長い全容を摑んで、濡れた先端を乳首にこすりつける。ぬるり、とした感触は思ったより刺激が強く、あまったるくあえぎながらぬらぬらと小さな突起でそこをスライドした。

「な、なあ……これで、いいの？」

「――……っ、！　……！」

真っ赤な顔で口元を押さえ、がくがくと謙也は頷いている。凝視されるのがたまらなく恥ずかしく、しかし目を伏せれば自分のしていることが見えてしまうので、颯生はうろうろと視線をさまよわせた。

（お、思ってたよか相当、恥ずかしー……！）

卑猥なような滑稽なようなことを繰り返していると、くすぐったいような感触を覚えた。それでも繰り返しぬるぬるとさせていると、だんだん頭がぼんやりしてくる。

「……っ、あん……なんか……」

「な、なに？　颯生、なに？」

「ちょ、ちょっと気持ちい、かも……っ？」

舌とも指とも違う感触に、気づけば颯生も胸を突き出すようにして熱心にそれをこすりあわせていた。ゆらゆらと身体を揺らし、左右の突起に謙也のそれを触れあわせると、粘液がねとりと糸を引く。

「うっ」

「……はん！」

何度目かのスライドで、先端のくぼみに乳首が挟まった。倒錯的なビジュアルと感触に夢中になって、たまらずに謙也のそれを手でこすりながら、自分のそこにも手を伸ばす。

「あ……っ、あ、あん、あっ」

気づけば自慰をするように激しく性器をいじりはじめた颯生の姿に、謙也は喉に絡まったような声を出した。

「颯生……自分で、すんの？」

「だって、謙ちゃん……ここ、届か、な……して、くんない、しっ……あ、や、だあ！」

性器の触れていないほうの乳首が、長い指に抓《つね》られた。びくびくっと身体が震え、謙也のそれと自分のものを強く握りしめながら、颯生は過度の快楽に耐える。

「やべ、も、出る……出るよ、颯生……乳首に、かけていい？」

「ん、い、い、かけ、かけちゃって……っ」

ねだられて、こくこくと頷きながらぐっと胸を押し当てる。淫猥《いんわい》としか言いようのない動きでこりこりした感触を味わっていると、反対側の突起が謙也の指に押しつぶされた。

「ああ、う……い、くっ」

「ふあっ!?　ああ、あん！」

びゅる、と謙也の先端から噴きだしたそれの熱さに、颯生は涙の浮いた目を瞠った。火傷《やけど》するかと思うくらいに強烈な感触に、びくびくっと激しく身体が痙攣し、颯生自身もまた粘ついた体液を溢れさせている。

「……はっ、は、……はー……あ」

数ヶ月ぶりの放出に、謙也は惚《ほう》けたような顔をしていた。そうしてぜいぜいと胸をあえがせる姿はひどくつらそうで、こちらも唐突な絶頂に息を荒くしつつ、颯生は問いかける。

「け、謙ちゃん……だいじょぶ？」

「うん、あー……なんか……」

白く濁ったもので汚れた颯生の胸を眺め、ぶるぶるっと犬のようにかぶりを振る。

「だめだ。よかったけどもう……ぜんぜん」

「ん、……だね」

とてもあの量を出したとは思えないくらい、謙也のそれは硬直したままだ。颯生も息を切らしながら、まだこれじゃ無理じゃないかと眉を寄せる。

「次、なにする……？」

「脚に、挟んでいい？　そのあと、ここで」

脚の間と尻の丸みにそれを挟んでこすりながらいきたいと言われて、それも頷いた。もう遠慮を捨てた謙也が大きな手で颯生の尻を鷲摑んでくる。両手でぐにぐにと揉まれるだけで感じながら、もうお互いの体液も気にならないまま舌を絡めた。

「颯生脚細いから、隙間《すきま》できるなあ……」

「あの、じゃあ、……こう？」

背後から腿に押し当てられたものの凄まじい熱量に、颯生はごくりと息を呑んだ。そうしてシーツについた膝をクロスするようにして、ぴったり閉じた腿に謙也を挟みこむ。しばしぬるぬると遊ばれたあとにきゅうっと腿の筋肉で圧迫すると、謙也は颯生の脚を撫でながら深々とつらそうな息をついた。

「もうさあ、颯生ってなんでこう……つるつるなの？　なんでこんな、やらけえの？」

「し、知らないよ」

お手入れでもしてんの？　となんだか怒ったみたいに問われて、体毛が薄いのはもとからだと颯生は憮然となる。

「こんな、だから、しつこく……しちゃうんだよ、もう。……ごめん、ね？」

「あん、も……っ、そ、そんなの謙ちゃんだけ、だ……っあ、あん！」

恥ずかしい八つ当たりをされつつ、ふだんの動きのとおりに腰をぐいぐい動かされると、謙也の先端が性器の裏側に当たってしまう。

（すごい動いてる……すごい、エッチ……）

ぬるりとこすれあう感触と熱さがたまらない。颯生もうっかり感じて、あえぐ声が止まらないでいると、ぽつりとした声が聞こえる。

「……ごめんね」

「え、なに……？」

「おれ……颯生に触ると、ほんとにへんになる。やらしいことばっかかになる」

だからごめんね、呆れてるよね。重ねて詫びられて、ぎゅうっと心臓が痛くなった。

「謝るなよ……いいんだから、嬉しいから」

「え？」

「言ったじゃん。セックスしてくれるだけでも、俺、嬉しかったたって」

言いながら腰を揺すり、謙也の性器を腿でぎゅうぎゅう締めつけた。くう、と小さく呻いた彼がきつく身体を抱きしめてきて、背中を包まれる心地よさに颯生も息をつく。

「なんでもする。いっぱいよくなって、謙ちゃん……いっぱい、俺に……出して」

「颯生……」

愛してるよ、と、もう一度謙也のそれがさらに強ばる。痛いくらい抱きしめられたあと、首をねじって熱烈なキスを繰り返しながら、もう遠慮しないと笑う謙也にめちゃくちゃに揺すぶられた。

（突っこまれてるみたい……）

このさきを思わせる動きに、くらくらする。こんな淫猥な行為は、颯生は誰にもされたことがない。いや、きっとほかの誰に同じことをされても、こんなに感じない。

「ふぁ、あんっ……あー……っ、いっ、い」

「颯生のと……こすれる、ね」

「言うな、よおっ……うっ……うんんっ」

脚の間をぬめる、大きく硬いそれに突くようにされると颯生も感じないわけにいかない。それを小さく笑み含んだ声で指摘され、わざとこすりつけるようにされてしまうと、かあっと耳のうしろが熱くなる。

「あひっ！」

「こっちも……続けて、しとくから」

たまらず身悶《みもだ》えていれば、ぬちゅっと卑猥《ひわい》な音を立てて、謙也の指が入りこんでくる。

「あ、あ、やあ……う、うしろ、そんな……指っ、あ！」

快楽と期待にだいぶゆるんだそこは二本の指を受け入れることができるようになっていて、まっすぐ抜き差しされながら腰を動かされると、なんだか同時にふたつの性器で犯されているような気分になってくる。

「あ、とろとろしてきた……」

「やだも……言う、なよっ……や、だあ」

「なんで？　言ったら恥ずかしい？」

うん、と頷くと尻を揉まれる。やわらかくて気持ちいい、と遠慮会釈なくこねまわされて、その振動がなかに伝わるからやめてとすすり泣けば、じゃあもっとだと追いつめられた。

「……三本、はいった。まだかな」

「む、り、……謙ちゃん、今日……も、なにそれ、でけえ……っ」

こうしていておさまるどころかますます膨らんでいく謙也に怯えて、まだ無理と颯生はかぶりを振った。内腿をさんざん開発されるくらいにこすられたあと、尻の丸みに手をかけられ、謙也のそれを挟まされた。

（熱っつい……かたい、も、すっごい……）

敏感な窄まりの上でぬるぬるとそれを動かされ、だめだと言いながらも腰がうねったのは颯生のほうだ。

「い、いれたら、無理だから、ね？　ま、まだいれないで……」

「入れない、大丈夫……ああ、脚もだけど、ここもすっげーやわらかい……」

声も出なくなり、お互いに荒い息だけをまき散らしながら腰を振ったあと、まだ入れないでとせがんだ颯生に謙也は了承した。そのかわり、また限界が来てしまったとせつない声で訴えてくる。

「ごめん、いくね？　かけちゃう、かもっ……あ、はあっ」

「ん、い、いいよ、い……っあ、んんっ」

身体の上に出してもいいかと問うから、そんなのもう好きにしてくれと言えば、つながる場所にめがけてまた、たっぷり射精される。

謙也の精液が背中まで散った瞬間、颯生もあまい声をあげ、感覚だけで軽くいった。

（じんじんする……すごくいい）

今日はじめて知ったけれど、粘膜の上に出されるのはすごく感じる。こんなのがクセになったらどうしよう、と思っていれば、少し強く腕を引かれた。

「あっ」

「……ごめん、もう、いい……？」

ぐったりしている颯生をひっくり返して、我慢できないと強く抱きしめた。二度も放埓《ほうらつ》を迎え、少しだけ落ち着いた様子のそれを手にして、颯生はこくりと頷いてみせる。

「いいよ、きて……入れていいよ」

強烈な行為に、颯生ももう朦朧《もうろう》としている。うっすらと笑みを浮かべて許諾を示せば、謙也はさらにおねだりをする。

「ね……自分で、脚、持って。開いて……おれに、入れるとこ全部、見せて」

「んっ……んっ……見て……」

颯生もまともな思考能力もなく、諾々と膝裏に手をかける。

どろどろに汚れた場所はけっしてうつくしいとは言えないはずなのに、まだつらそうなそれを自分の手でしごいた謙也はぺろりと舌なめずりをする。

見たこともないほど雄くさい謙也の様子に、背中がぞくぞくした。自分ももうどうかしていると思いながら、卑猥な格好に開いた腰を颯生は揺する。

「け……ちゃ、も……もう、い、からぁ……」

「いいの？　入れちゃっていい？」

「いいっ……ちょ、ちょうだ、ぁあ、あふ！」

焦らさず押しつけられたそれに、ぐうっとそこが圧迫された。あ、あ、と惚けたような声を漏らした颯生が痙攣を繰り返すと、謙也はなおも押しこんでくる。

「やぁあ、あふ、あー……っ！」

「颯生、痛い？　まだ無理だった？」

「ちが、ちがう、なにこれ、い……っ、いい、すごくいいっ」

長くて太くて、熱くて硬い。それがずるずるになった身体のなかを伸びるようにして行き来して、ずっといいところに当たりっぱなしになっている。

「あー……颯生んなか、あっつ……」

「あ、……あひ、あ、も……い、くう……っ」

つながって、揺すられて、死ぬほどいっぱい突いてもらう。動きが激しすぎて身体がほどけそうになれば、すすり泣いたまま颯生は抜かないでと両腕ですがる。

「も、いきた……い、謙ちゃん、ここ……っ」

たまらない、と濡れそぼった性器に手をかけ、自分でしごく。強烈に淫猥な、見せたこともないほどの乱れぶりに謙也が喉をごくりと動かし、舌なめずりまでしてみせるから、颯生の手はますます止まらない。

「なに……自分でこするの？　それとも、こすってほしい？」

「こす……って、こすりなが、ら、それ……おっきいので、突いて……っあぁ！」

感じすぎておかしくなりながら、せがむ言葉が勝手に口をついて出た。言えば言っただけ、いや、求めたそれをはるかに上回る勢いでいやらしいことをされて「いい、いい」と颯生は本気で泣きじゃくった。ぼろぼろ泣く颯生を見る謙也は少し困っていて、けれど止められそうにないからとやはり謝ってくる。

「ごめん、今日、やでも止められないかも」

「やじゃない、嬉しい……止めなくていい」

もうできないかもしれないと思っていただけに、颯生も止める気などない。数日寝こむような羽目になってもかまわないからと、やさしい胸に唇を寄せる。

いくら自分が愛撫しても反応しなかった乳首を吸うと、謙也はくすぐったそうに笑うだけだ。けれど愛撫というよりじゃれるように舐めるのが気持ちいいから、謙也に突きあげられながらも颯生はそれをやめなかった。

「あー……やばい、すっげ気持ちいい――……」

「俺、も、い……はふ、あ……！」

忙しなく颯生を揺さぶり、小さく息をついた謙也がたまらない、といったようにつぶやく。

（謙ちゃん、感じてる……）

夢中でこの身体を貪《むさぼ》るような余裕のない動き、かすれた声。それだけでぞわっと背筋が粟《あわ》立《だ》って、颯生は身悶えながらすがりついた。

「んっ、んんあっ……もうだめ、あっ！」

「う、くっ……あ、い、いくっ」

ぐいぐいときつくなかをこすられ、我慢ができなかった。颯生が達したとほぼ同時に謙也も小さく呻いてなかに熱を吐き出し、だが、なかの奥にたっぷり出されても、どうしてか淫猥な腰が止まらない。

「え……んあ、まだ、出る？　……でるの？」

「なんか、とまん、ないっ。ご、ごめん……」

いつもよりずいぶんと長い間、謙也はびくびくと背中を震わせていた。どうやらまだ射精が終わらないようで、こらえきれないようにうねらせる腰の動きが卑猥すぎる。

「あ、謝らなくて、いいけど、なんか……それ。なんか、あ、……ちょっと」

「あ……気持ち、悪い？」

ようやく出しきった、というように長い息をついたあと、謙也が気遣わしげに目を覗きこんでくる。情欲に濡れた真っ黒な瞳にうなじのあたりがざわついて、颯生はかぶりを振りながら脚を絡めた。

誘う仕種《しぐさ》に気づいた謙也が、いつかのように「いいのか」と目顔で問いかけてきて、颯生は静かに唇をほころばせる。

「さっきの。……よかった。謙ちゃんの、熱くて……感じた」

「さつ、き……」

「もっと……しよう？　いっぱい。しなかったぶん、全部」

できなかった、ではなく、あえて「しなかった」と颯生は言った。

濡れた目で見つめあったあと、どちらからともなく深く口づけ、そのまま謙也が身体を揺すってくる。

「じゃ、いっぱい、……ね？」

「うん、うん。いっぱいして、いっぱ、い、あぁ、……っ、ん、んっ」

ねっとりと濡れた場所が彼にこすられて、すごい音を立てていた。動きが激しくなれば押し出すようになかからのそれが溢れ、颯生の身体もシーツも粘ついた体液で濡れていく。

「やら、しー……俺こんな、濡れちゃって」

淫蕩《いんとう》な気分のまま、てろりと脚を流れ落ちる体液の感触にさえ感じ入ってつぶやくと、謙也がぴくりと反応する。

「……やらしいの、いや？」

「ちが、う……やらしいの、好き。感じる」

冷静になったら自分を抹殺したくなるだろうこと必至の言葉を口にすれば、謙也がかあっと体温をあげた。

「どうしよう……颯生、かわいすぎ」

「え、なにっ……やだ、また、おっき……っ」

「ああもう、エロいわかわいいわで……どうしよう、おれ。おかしくなる」

ねえ、どうしたらいいい。あえぐように告げる謙也に、知らないよと赤くなった顔を背け、颯生は追ってくる口づけの合間にささやいた。

「いい……好きに、していいよ……っ」

もうだんだん量も少なく色も水っぽくなったものしか颯生は漏らすことができなくて、声も次第に出なくなり——けれど謙也はまだ物足りなさそうな雰囲気でいたから、「もっと」と求めた。

「……もう、無理でしょ」

「やだよ、せっかく……謙ちゃんの、せっかく勃ったのに……」

もう自分でもどうかしていると思った。謙也もだいぶ頭は冷えてきたようで、かなり冷静になったらしく静かに苦笑している。やんわりと身体を離そうとして、けれど颯生はいやだと必死にかぶりを振った。

「いいよ、もう無理しなくて。だいぶおれ、落ち着いたよ」

「無理じゃ、ね……ってば」

けれど、既にそのころには射精しなくても颯生は絶頂を覚えられるようになっていて、その知ったばかりの快楽のタチの悪さにずぶずぶに溺《おぼ》れていた。

（もっと欲しい、もっと、だめになりたい）

何度達しても萎える気配のない謙也に指を絡ませ、腰を揺すって誘いこむ。ふだんならば到底自分に許せないような媚態も、もうこの日ばかりはかまうものかとさらけ出す。

「なあ、もっといかせて、あそこで……っ」

「う……っと、さ、颯生って、もう……！」

一瞬だけ呑まれたように目を瞠った謙也は、そのあとなにかに負けたかのようにかぶりを振り、低く鋭い声で呻いた。

「知らないからね、……っとに。明日正気づいて怒っても、おれ聞かないよ⁉」

「んん、怒らない……っから、あ、ああ！」

そのあと襲ってきた快楽の凄まじさに、颯生は我を忘れた。

手加減を忘れた謙也に本当にいいようにされてしまって、滴り落ちるほどに奥へと射精されながらも、颯生はかすれた声で喜んだ。

「あ、けんちゃ……っ、あぅ……！」

しまいには悲鳴じみた嬌声以外に言葉を紡ぐことができなくなって。

けれどその声にならない声のまま、颯生は何度も、謙也を好きで、大事で、愛していると、一生懸命に告げたのだ。

＊　＊　＊

久々の濃厚すぎる行為が終わってからも、颯生は謙也から離れなかった。べたべたになった身体をきれいにするとシャワーを浴びるのにも、一緒じゃないといやだとだだを捏《こ》ねた。むしろ喜んだ謙也に髪から足のさきまで丁寧に洗われ——目の前に、すっかり元気になってくれた彼のそれがあることが嬉しくてちょっかいを出せば、しっかり返り討ちにあって、そこでもさんざん泣かされた。

湯あたりを起こしてぐったりしたあと、いつものように夜食を作ってくれた謙也にべったりとあまやかされて、泣きすぎて腫《は》れぼったい目元にキスを落とされる。

もう言わなくてもいいよと謙也は言ったけれど、幸田の話もちゃんとした。似ていると言ってしまったのはただの照れ隠しもあったのと、けっきょく、自分の好みのタイプは似通ったものなのだろうということと。

「……でも謙ちゃんがいちばん、ストライクだったんだけど」

「そう？」

「うん。……言ったじゃん。俺のほうがさきに好きだったって。最初に見たとき、やばいどうしようって思ったもん」

顔も声も好きすぎて、ふつうにできるか自信がなかったよ。もう一年近く前の、初対面のときに覚えた動揺までも打ち明ければ、謙也はただ嬉しそうにキスをくれた。

（こんだけの話だったのにさ）

そこまで最初に言っておけば、こんなにこじれなかっただろう。なにを照れてごまかそうとしたのかよくわからないと思いつつ、背中から抱きしめてくる謙也の胸にもたれて、颯生はため息をつく。

「いろいろ、ごめんね」

「うん、もういいよ」

うなだれた首筋に唇を押し当てられて、くすぐったいけれど逃げなかった。また振りほどいて謙也が傷ついては困るし、颯生も本当は逃げたくはない。じっとおとなしくしている颯生の心情を読んだように、首筋に顔を埋めた謙也のやさしい声が届けられる。

「つまんないけんか、いっぱいしようね」

「うん」

「そんでちゃんと、仲直りしよう。そうやっていっこずつ、覚えていくから」

距離の取りかたとか、言ってはいけないこととか。少しずつお互いで学んでいけばいいよと告げる声にあやされて、颯生はとろりと目を閉じる。

（すごい、いい気分……）

謙也にこうされている時間が、とても幸福だと思う。安心しきって、眠気さえ覚えるほどにやさしい抱擁は、けれどあたりまえのものなどではない。

むしろちょっとしたきっかけでほろりと崩れてしまう可能性は強い。

はかないくらいに脆く、得難いもので――だからこそ、きっとこの恋愛は、どうしようもなくあまいのだ。

「俺も、覚えるね。謙ちゃんのこと」

これからも大事にしてもらえるように、そして自分も謙也を大事にできるように。

「それで、ちょっとでも俺といて、謙ちゃんが気持ちよくすごせるようにするから」

難しくてもちょっとずつ学ぼうと思う。そう告げると、謙也は小さく笑った。

「それは、嬉しいけど……」

「けど、なに？」

ふんわりとした声で問い返せば、謙也はわざと鹿爪《しかつめ》らしく、ささやきかけてくる。

「さすがに、抱いてもらうのは、また今度ね」

そして冗談ともつかない言葉に、颯生は声をあげて笑ったのだ。

不可侵で甘い指先

東京、都内某所にある高級ホテルのパーティー会場は、静かな熱気に満ちている。

週末のこの日は大手時計宝飾会社『クロスローズ』主催の『新春宝飾展』が開催されていた。年が明け、一月もなかばとなった外の気温は身を切るようだけれど、完璧《かんぺき》な空調のおかげで会場内はほのあたたかい。

華やかなディスプレイに飾られた宝飾類と、それを購入するべく訪れた大口顧客。百貨店の外商や関連商社の営業担当、有名デザイナーやそのブランド直営会社の社員たちが行き交う会場内では、あちらこちらで販売のための駆け引きが行われている。

いくつかのコーナーに分かれた会場のなかには、宝飾以外にも高級着物、絵画にバッグなど、さまざまなブースがある。

客寄せのイベントコーナーでは、ムード歌謡曲でヒットを飛ばした往年の大物歌手が、大手ブランドの新商品であるダイヤモンドジュエリーを身につけ、写真を撮られたり握手に応じたりとにぎやかだ。

幕張メッセや有明ビッグサイトなどで行われる大規模な宝飾展示会などでは、人気モデルや芸能人が広告宣伝のために訪れたりもするが、ハイジュエリーの顧客層は中高年。若者向けの芸能人よりも、演歌歌手のほうが知名度が高い。

(何回来ても、別世界だなあ)

入り口付近の受付、白い布がかかったテーブルのうしろで、顧客帳と芳名帳を整理していた羽室謙也《はむろけんや》は、きらきらと眩《まぶ》しい会場内を目を細めて眺めていたが、近づいてくる客の姿に笑顔を作った。

「いらっしゃいませ。おそれいりますが、招待状と、お名前をお願いいたします」

慣れた感じに筆ペンで名前を書きつけた招待客は、担当の営業につきそわれてきらびやかな場内へと入っていく。その背中を見送り、謙也はこっそり息をついた。

(あー、苦手だ。緊張する)

久々に催事に引っぱり出されたが、もともと謙也の所属は営業企画部だ。催事では基本的に、雇い入れた女性販売員《マネキン》の女性や、扱っているブランド本社の営業部員が接客を担当するため、謙也のような内勤の社員が直接お客さまの対応をすることは少ない。

今回は人手が足りないのと、勉強のためにかりだされたのだが、ド迫力のセレブマダムを相手に愛想を振りまくより、社内で企画書をいじったり、出庫数を確認しているほうが気が楽だったりする。

受付の人間はあと三名、女性の姿があるが、彼女らはすべて専属契約のマネキンさんで、社員でしかも男性の姿は謙也しかない。微妙に疎外感も覚えるし、立ちっぱなしもけっこう疲れる。早く終わればいいのにと思いながら、客の姿がないのを確認して軽く肩を鳴らすと、ほがらかな声がかけられた。

「お疲れさまです、羽室さん。休憩入れなくてだいじょうぶなん？」

「あ、大島《おおしま》さん。お疲れさまです。平気ですよ」

にこやかな顔で近づいてきたのは、大島裕恵《ひろえ》というマネキンだ。『クロスローズ』とも取引のある国内宝飾ブランド『ジュエリー・環《かん》』の社員で、ふだんは関西の百貨店のテナントショップに入っている。今日は本社がブースを取っているため、デザイナーの環智慧《たまきちえ》ともども、この催事に出張してきていた。

「あんたも、食べるもん食べへんと、あかんで？　身体《からだ》でっかいんやから、お肉でも食べんと、もたんやろ」

まるで高校生でも相手しているような言いぐさに、謙也は笑うしかない。

「ご心配ありがとうございます。でも、だいじょうぶですから。けっこう頑丈なんですよ」

「若いわねえ、うちなんかもうトシやから、疲れてあきまへんわぁ」

「いや、大島さんはまだまだお若いですよ」

「まあた、うまいこと言うて。なんも出ぇへんよ？　ちゅうか、イケメンの羽室くん見てると寿命伸びそうやけどねっ」

わざとらしくしなをつくった大島にばしばしと肩をたたかれ、謙也は「あはは……」と苦笑いする。

ふくよかな身体を黒いスーツに包んだ五十代の大島はいわゆる『関西おかんキャラ』で、少々押しが強すぎる面もあるが、謙也はさほどきらいではない。

「なあ、沢田《さわだ》商会の招待客の奥村《おくむら》さま、もういらしてはる？　あと、お孫さんの小池《こいけ》さま」

「え、いや、たしかまだだと……」

問われて、謙也はざっと芳名帳をめくる。記憶ではまだだとわかっていたが、確認のため見たそれにも、大島の問う名は存在しなかった。

「やっぱりまだお見えじゃないみたいですね」

「……あかんかあ。最近、景気悪いやろ。招待した方の半分も見えてへんのよ」

くっきり描いた眉《まゆ》を寄せた彼女は、おおげさなくらいにやれやれとかぶりを振ったあと、あたりをはばかるように身を寄せ、こそこそとささやいてくる。

「景気悪いて言うたら、最近、やたらモノなくなったりするねんて。知ってた？」

「え、そうなんですか？　初耳です」

基本は内勤なので、とつけくわえると、そうかと大島はうなずいた。

「こういうオープン会場やと、けっこう多いねん。うちの会社でもこの間、子会社の社員がやらかしてな……怖い、怖い」

謙也も顔をしかめ「怖いですねえ」と相づちを打つが、内心困ったと思っていた。ゴシップじみたネタは、あまり長々話したい内容でもない。どうしたものかと視線を逸《そ》らしたさき、折りよく、大島を手招くひとの姿があった。

「……大島さん、なんかお呼びみたいですよ」

彼女は「あら」と振り返るなり笑顔を作って会釈し、羽室にひらひらと手を振ってみせた。

「ほんなら、行くわね。景気悪いとか言うてへんと、べつのお客さんで稼がせてもらわんとな。ありがとうね、羽室さん」

「いいえ。頑張ってください」

にっこり笑って励ますと「目の保養やわあ」と笑って大島はその場を去った。謙也はほっと息をつく。

(悪いひとじゃないんだけど、あの濃さにはやっぱ疲れるなあ)

大島の残り香である強い匂《にお》いの香水に鼻をむずむずさせていた謙也だったが、隣の机にいたベテランマネキンの女性から声がかかった。

「あの、羽室さん、ほんとに休憩いってきていいですよ」

「え、でも……」

どうやら大島との会話が漏《も》れ聞こえていたらしい。気遣いはありがたいけれど、いいのだろうかと逡巡《しゅんじゅん》する謙也に、ひそひそと言った彼女は、「ほらほら」と手まで振ってみせる。

「もうだいたい、お客さまいらしてますから。いまのうち行かないと、ごはん食べ損ねますよ。いってきなさいって」

「じゃ、お言葉にあまえて」

　大島にせよこの女性にせよ、どうも謙也を息子かなにかのように思っているらしく、「食べろ」とうるさい。だが心遣いはありがたく、笑みを浮かべた謙也は用意されたスタッフルームへと向かうため、その場を離れようとした。その背に「あ、ごめん」と声がかかる。

「ついでに筆ペン買ってきてもらっていいかしら。なんか、ひとつ不良品だったみたいで、インク切れそうなのよ」

「わかりました」

　おつかいを頼む言葉にうなずいた謙也は、さっさと用事をすませようとエレベーターに乗りこんだ。

（雑貨ショップがあるのは、たしか一階……）

　だが、いざショップについてみると、筆ペンはなかった。ふだんセレブ客ばかりを相手にするホテルのショップでは、高価な葉巻やスカーフ、ライターなどしか扱っていないのだそうだ。さすが高級ホテルと思ったが、感心している場合ではない。

「あのじゃあ、近所にコンビニってありますか？　そちらなら筆ペンもありますよね」

「確実にある、とは言いきれませんが、コンビニでしたら、ホール正面の出口を出まして、右なりに向かえばございます」

すこしお高く感じる店員に教えられ、「ありがとうございました」と会釈した謙也は小走りになってエントランスホールを抜ける。

だが、急いでコンビニに向かおうとした謙也の脚を止めさせたのは、タクシー乗り場で困ったように周囲を見まわす女性のふたり連れの姿だった。

(……ん？　あれって)

艶《つや》やかな髪を結いあげ、ゴージャスな着物にファーの襟巻《えりま》きをつけた年齢不詳の女性と、これもファーコートのしたに、華奢《きゃしゃ》なパーティードレス姿の二十代くらいの女性。

高価そうなファッションに、催事の招待客だとぴんときた。この日、ホテルの宴会場関係はすべて貸し切りで、パーティースタイルの客はほかにいるはずがない。

そして本来付き添ってくるはずの営業が誰もいないことや、所在なさげにしているふたりの様子が怪訝《けげん》に思えた。

(これってさっき、大島さんが言ってた、奥村さまと、小池さま？)

着物の女性はかなり若く見えるが、母子というにはすこし離れている気がした。どうしようかと迷ったのは一瞬、謙也はそのふたりに歩み寄った。

「おそれいります。奥村さまと小池さまでいらっしゃいますか？」

ぱっと振り返ったのは着物の女性だ。近くで見ると迫力がある女性で、若かりしころはさぞかし美人だっただろうけれど、じろりと謙也を見る目はかなり険しい。

「さようでございますけれど、あなたは？」

「失礼いたしました。わたくし、クロスローズの羽室と申します。本日はご来場、ありがとうございます」

名刺を差しだし名乗ったとたん、ドレスの女性――小池のほうが、ほんの少しほっとしたように表情をゆるめた。だが奥村のほうは、気の強そうな顔をさらに歪《ゆが》めてみせる。

「わたくし、ここに来たら案内のひとがいるとうかがっていたの。でも誰もいなくて、さっきから二十分も待ちぼうけよ。いったいどうなっているのかしら」

その言葉に、謙也は内心「あちゃあ」と思った。きっと睨《にら》むように見あげてくる奥村は、自分を待たせている人間にひとこと言ってやらんと、わざとここで待っていたのだろう。

「お寒いなか、大変申し訳ございません。よろしければ、会場までご案内いたしますが」

「なぜ謝るの。だいたいどうしてあなたが案内するのよ。あなた、沢田商会のひとじゃないんでしょう？」

「おばあさま、いいじゃない。連れていっていただきましょうよ。もう寒いわ」

とりなすように孫娘が言う。奥村はむっとしつつも、やはり寒さには耐えかねたのだろう。不承不承うなずいてみせたので、謙也はほっとしながら「どうぞこちらに」とうながした。

あたたかいホテルのなかに入ると、ほっとしたようにふたりが息をついた。謙也は催事会場へとふたりを誘導しながら、笑みを絶やさなかった。

（フォローが大変だろうなあ、これ）

すっぽかした担当者が顔を出したら、爆発しそうだ。謙也が奥村の眉間《みけん》の皺《しわ》に内心ヒヤヒヤしていると、背後から軽くスーツの裾《すそ》を引っぱられる。

「あの、すみません。ありがとうございました」

「えっ？」

「おばあさま、頑固だから、会場も場所もわかっているのに、あそこで待つって聞かなくて、どうしようかと思ってたの。羽室さんが通りかかってくださって、助かりました」

小さな声、上目遣いで礼を言う小池の姿に、謙也は微笑《ほほえ》んでみせた。

「弊社主催の催事ですから。ご不快な思いをさせて、こちらこそ申し訳ございません。本日はお楽しみいただければ幸いです」

「……やさしいんですね」

心なしか、小池の頬《ほお》が赤くなった気がするけれど、温度差に火照《ほて》っているのかもしれない。おとなしいタイプらしい小池は、その後話しかけてくることもなかったので、正直いって助かったが、沈黙が妙に気まずかった。

（ああ、接客は担当じゃないんだってばもう。間が持たない、間が）

ビジネスマン相手ならともかく、セレブマダムとお嬢さま相手にセールストークなどろくにできない。それでなくても爆発寸前の奥村をまえにしては口を開くこともはばかられ、三人は無言のままエレベーターへと乗りこんだ。

ものの数分で会場のある八階へと到着したとき、一時間も居あわせていたかのような緊張から解放され、謙也は小さくこっそり息をつく。

「クロークはあちらになります。よろしければお召し物、お預かりいたします」

謙也は豪華なファーを受けとるべく、長い腕を差しだした。

「そう、お願い」

奥村はあっさりと襟巻きをはずして謙也に手渡す。小池のほうはそこまで場慣れしていないのか、きょろきょろとあたりを見るので、背後にまわって「どうぞ」と微笑みかけると、照れたように赤くなりながら謙也の手にコートを預けた。

（さて、どうしよう）

あとは誰かがＶＩＰの相手をしてくれるだろうが、場内に勝手に入れというわけにもいかない。すっぽかした担当はいったい誰だと内心首をかしげていると、沢田商会の部長が冷や汗をかきながらすっとんできた。

「これは、奥村さま、お嬢さま！　申し訳ありません、お出迎えもせず――」

「田島《たじま》さん、わたくしたち、ずいぶん以前にこちらに来ていたのよ。ハイヤーがついたところでお迎えが来るってうかがっていたんですけれど？」

かっ、と眼光鋭く問いつめる奥村に青ざめた部長は「ま、ま、まずはこちらに」と愛想笑いを浮かべて場内へと案内していく。隣を歩く小池が、一瞬だけ謙也を振り返り、ぺこりと頭をさげるから、笑みを返してこちらも軽く頭をさげた。

彼女らの姿が会場へと消えたあと、謙也は受付にとって返し、おつかいを頼んだ女性マネキンに向かって詫《わ》びた。

「すみません。筆ペン買ってこられなかったです」

「うん、状況は読めたからいいわ。もうしばらくマーカーでもつでしょ。でさ、あなたごはんだけでも食べてきたら――」

言いかけた彼女が口を閉じたのと同時に、謙也は背後から軽くスーツの裾を引っぱられ、振り返った。

「羽室、悪い。ちょっといいか？」

「あ、はい。なんですか」

小声で呼ばれ、謙也はこちらも小声で応じる。そこにいたのは先輩社員の野川《のがわ》だ。女性マネキンが、やれやれというようにかぶりを振り、口だけで『無理ね』と謙也に笑ってみせたのが目の端に入った。野川はそれには気づかないようで、指先でちょいちょいと謙也を手招く。

「今日、おまえが受付担当だろ。ちょっとこちらが、お願いがあるそうだから」

誰だ、と謙也が顔をめぐらせると、視線のさきには端整な風貌《ふうぼう》の壮年の男性がいた。

「どうも、羽室さんですね。はじめまして」

「あ、こっ、神津《こうづ》社長！」

神津宗俊《むねとし》はかつて、宝飾業界でも名を馳《は》せた敏腕営業であり、全国をまたにかけて飛びまわっていた。残念ながらその会社の社長が代替わりしたことで、定年をまえに退職したが、いろいろあっていまでは自分自身で小さいながらも宝飾デザイン企画会社『オフィスＭＫ』を設立し、宝飾ブランド『Nobility & Grace』を立ちあげていた。

謙也の勤めるクロスローズでも、神津の会社のブランドを扱うことは決定していて、会社としてすくなからず関わりのある相手でもある。

そして現在その会社には、謙也の恋人である三橋颯生《みつはしさつき》が契約デザイナーとして勤めていた。

神津は一見、表情が穏やかでやさしげだ。背もさほど高くはない。けれど、こうして相対すると、業界で名の知れた男らしく、さすがの迫力があった。妙な緊張を覚え、謙也は背筋を伸ばした。

「あ、あの、はじめまして。いつもお世話になっております。お、お噂《うわさ》はかねがね」

「いえいえ、とんでもない。こちらこそお世話になっております」

にこやかに笑いながら名刺交換をすませたところで、「ところで、お願いとは？」と謙也が切り出すと、野川と神津が目を見交わしあい、うなずいた。

「ちょっとこちらに、いいですか？」

低めた声でささやかれ、来てほしいと手招かれる。野川を見ると、顎《あご》をしゃくって「いってこい」の合図をされ、謙也は受付を抜け出した。

受付の入り口からすこし離れたフロアの角のあたり、なんとかいう華道家が生けた派手なフラワーアレンジメントの陰にふたりでおもむくと、神津は周囲を見まわして、言った。

「東西百貨店の外商部の方が、お客さまを連れてみえます。その際、水野仁絵《みずのひとえ》、という方がいらしたら、私に『ナガノ企画のタナカさんから電話が入っている』と伝えてもらえませんか？」

「え……ええ、かまいませんが、どうして」

「東西さんの外商部では、かなりの大口顧客でいらっしゃるんですがね。要注意人物なんです。――『コレ』のね」

神津は、ちょい、と右手のひとさし指をカギ形に曲げた。一瞬目をしばたたかせた謙也が、そのサインにはっとする。

――景気悪いて言うたら、最近、やたらモノなくなったりするねんて。知ってた？

意味にすぐ気づけたのは、大島の言葉が頭にあったせいだ。

「盗癖ですか？」

ひそひそとささやき声で問いかけると、神津は穏やかな顔でうなずいた。本音では不愉快なものを覚えてもいるだろうけれど、誰が見ているかわからない場で、表情に出すわけにはいかないだろう。

「わかりました。じゃあ、ご来場の際には携帯メールかなにかでお知らせしたほうがよろしいですか?」

「いえ、申し訳ないのですが、場内に私を呼びに来てください。ある程度周囲に聞こえる声で、さきほどの言葉を伝えてください。警戒態勢に入りますので」

対応するブースの人間全員に、それとなく伝えるためのサインだと言われ、謙也は小さくうなずいた。神津はほっとしたように息をつき、ふと会場に目をやる。神津を呼ぶかのように目で合図を送っている人間がいて、軽くうなずいた彼は、ふたたび謙也を見あげた。

「はじめての会話がこれというのは、少々アレですが、また今度ゆっくり」

「ありがとうございます。ぜひ」

会釈した謙也に対し、にっこりと微笑んだ神津は「よろしく」と告げて軽く腕を叩《たた》いた。人格者で知られる彼に憧《あこが》れのまなざしを向けて見送った謙也は、ほっと息をつく。

「お待たせしました、代わります」

「おう。……話、聞いたか?」

受付で代わりに立っていた野川のもとに戻ると、顔だけは笑ったまま低い声で問われた。謙也がこくりとうなずくと、野川はなおもにこやかに微笑み、目のあった客や他社営業に会釈をしながら言葉を続ける。

「水野さまに関しては、スペシャルランクのブラックリスト客だ。今後は覚えとけ」

外回りの営業の人間は、必要があればおおげさなくらいに笑顔を作ることも、相手に言うことを聞かせるために威圧感を出すこともできるが、逆に表情と声をまるっきり変えることも可能だ。謙也は備品整理のふりでしゃがみこんだ。自分は野川のように器用な真似《まね》はできない。

「ブラックリスト客なのに、なんでVIP扱いなんですか？」

「事実、VIPだからだよ。SG《エスジー》製薬って知ってっだろ、あそこの本社の取締役部長夫人。東西さんとこの外商じゃ、トップクラスのでかい買いものしていく客だ」

えっ、と大きな声を出しかけて、謙也はあわてて口をふさいだ。じろりと野川に睨《ね》めつけられ、手をあげて詫びる。

SG製薬は国内トップ規模の製薬会社だ。そこの取締役部長ともなれば、年収はいかほどか。しょせん平社員の謙也には想像もつかないが、とにかくものすごいオカネモチ、ということだけは理解できる。

「そんなひとが、なんでまた……」

「知らんが、わりに多いんだよ。セレブ奥さまのコレは」

手を記帳テーブルのしたに隠し、神津と同じサインを作る野川は「ビョーキなんだろ」としらけた声で言った。

「それに、この手のところで盗難事件が起きると、現行犯で押さえるしかない。でも騒ぎ起こしてほかのお客さまを不愉快にするわけにいかんだろ」

「じゃ、捕まったことは……」

「むろん、一度もない。けど、状況証拠は真っ黒け。なにしろ水野さまが来たときの催事に限って、必ず欠品が出る。しかも頻度が半端じゃない。まあ、あのお客さまに限った話じゃないのが、この業界の怖いとこだけどな」

そうなんですか、と謙也が問えば「環《かん》さんとこでも、社内で盗難があったらしいな」と野川はひそひそ打ち明けた。すでに大島に聞いていた謙也は無言でうなずく。

「社員がやらかしたって話だけど、どこの会社でも年間、何回かはその手の事件がある」

いやな話だと吐き捨てる野川に、謙也はしゃがんだまま眉をひそめ、ふと問いかけた。

「でも、なんでそれ、神津さんがわざわざ？　担当、東西さんなんじゃないんですか？」

この手の催事の場合、大抵は招待した側、つまり担当会社の営業がついてまわる。むろん他社のブースで買いものをすることもあるが、大抵は『鞄《かばん》持ち』がへばりついているものだし、購入の際にはそのブースのマネキンが接客する。しかもいまの神津は販売担当の営業ではなく、ブランドの『社長』として会場におもむいているのだ。

怪訝そうな謙也に、野川は言った。

「水野さまにチョッパらせず、なおかつ機嫌悪くもさせないで接客できるの、神津さんだけだからだよ。まえの会社からのつきあいで、当時は十年以上担当だったらしい」

かつては伝説とも言われた凄腕《すごうで》営業の神津は、接客についてもスペシャリストだそうだ。にこやかに微笑み、客の意識を逸らせないまま、それとなく盗難もブロックするのも得意という。

「あとはまあ、水野さまはVIP扱いが大好きでな。つまり、接客する相手の格も気にするんだよ。俺らみたいな若造なんかがついた日にゃあ、ふて腐れて大変だ」

「ははあ……そういうもんですか」

なるほど、とうなずいた謙也は立ちあがる。カムフラージュのために真新しい芳名帳の封を破り、八割埋まったそれと取り替えた。

「OKです、野川さん。お戻りください」

「おう、よろしくな」

手の甲で謙也の腕をはたき、野川も会場に戻っていく。その姿を目で追っていた謙也がちらりと視線をうえにあげると、豪奢なシャンデリアがきらきら輝いていた。

今回の展示会はガラスケースのなかに商品を陳列しているブースも、平台に剝《む》きだしでディスプレイされているブースもある。会社によって飾りかたは自由だし、基本は招待制のため、あまり厳重な警戒態勢を取ってもいない。

（ビョーキかあ）

子どものころに読んだ探偵小説などで、宝石を盗む怪盗の話はいくつかあった。探偵との丁々発止のやりとりにどきどきしたり、鮮やかな盗みの手口にちょっとカッコイイなどと思ったこともあったけれど、じっさいの現場で起きる盗難事件は、ひたすら苦くてしょっぱい。できれば本日、問題の水野さまが来場しなければいい、と消極的に祈りつつ、謙也は訪れた来場者に笑顔を作った。


その日の夜、謙也は疲れた身体を引きずり、恋人の部屋へと訪れた。

「おかえり謙ちゃん、お疲れさま」

明日は土曜日、謙也も颯生も連休ということで、泊まりに行くという話はまえまえからしていたのだが、ねぎらいの言葉とともに玄関を開けてくれた颯生の笑顔を見たとたん、謙也はのしかかるように抱きついてしまった。

「ただいま颯生、疲れたよぅ」

「わ、とと。重いおもい、冷たいっ」

初春の空気に冷えきった頬をぺたりとくっつけると、颯生は笑いながら文句を言う。それでも背中に腕をまわし、ぎゅうっと抱きしめてくれるから、調子に乗って素早くキスをすると赤くなって肩を殴られ、身体を押しのけられた。

「颯生、痛い」

「ばか！　帰ってくるなり、なんなの！」

「ただいまのチューでしょ？」

　はたから見たらばかばかしいことこのうえないやりとりに、颯生は真っ赤になり、謙也は相好を崩《くず》している。ぷいと背を向けた颯生がすたすたと部屋の奥へ戻っていくので、笑いながら追いかけた。

「颯生からはしてくんないの」

　ねえ、とうしろから顔を近づけると、赤い顔で振り返った颯生が睨みつけてくる。けれど、伸べられた両手でぱちんと謙也の顔を挟み、ちゃんとかわいいキスをしてくれた。

嬉《うれ》しくてにっこり笑うと、照れのあまり不機嫌な顔になった颯生が拗《す》ねた声で問いかけてきた。

「ごはん食べたのか？」

「一応、会場で弁当食べた。でもおいしくなかった」

　接客担当のなかでも、たとえば神津レベルの人間になると、お客さまを連れてホテルのレストランで商談のための接待となる。そのためのホテル催事でもあるのだが、謙也のような下っ端は、空いた時間に冷えた弁当をかきこみ、三十分足らずで仕事に戻ることになる。

　おまけに例の奥村・小池の『お出迎えすっぽかし事件』のおかげで昼を食べ損ねたので、

わびしさは倍増だ。

「せめて電子レンジ用意してほしい……」

料理が趣味の謙也にとっては、仕出し弁当のまずさはなかなか耐えがたいものがあった。

うんざりして口を尖《とが》らせると、颯生が「なんか作ろうか？」と問いかけてきた。

「え、作ってくれるの？」

期待に目を輝かせると、颯生はあわてたように両手を振った。

「言っておくけど、たいしたものできないよ、謙ちゃんみたいに上手じゃないし」

「いい、いい。颯生の手料理、超嬉しい」

目尻《めじり》をさげて微笑むと、むずむずと唇を動かした颯生は「じゃ、じゃあ作ってくる」と背を向けた。台所に向かう背中についていこうとすると、振り返った彼にじろりと睨まれる。

「着替えてくれれば？」

邪魔するなと告げる目元が赤い。「はあい」と笑って降参のポーズに両手をあげ、謙也はすっかり勝手知ったる恋人の部屋のカラーボックスから、自分の着替えを取り出す。スウェットに着替え、スーツを壁かけラックの定位置につりさげる。

（もうずいぶん、馴染《なじ》んだなあ）

颯生らしい、さっぱりと整った部屋に居座る、自分の縦長に感じるスーツ。壁面にそれがあるのがだんだんあたりまえになっていて、謙也はそれが嬉しい。

去年の年末、とんでもなくくだらない理由で大げんかをし、これまたとんでもなく笑える――いや、ある意味、男としては笑えないのだが――現象が我が身に起きたときには、本当に落ちこんだ。

それでもなんとか仲直りして、いまこうしていっしょにいる。あの大げんか以後、お互いの不在がどれだけこたえるのかを痛感したせいか、以前よりラブラブ度はあがったくらいだ。

「できたよ、謙ちゃん」

「わ、ありがと」

いちばんの変化は、かつては謙也にもてなされる一方だった颯生が、意外なまめまめしさを発揮するようになったことだろうか。フリーで請けていた仕事も落ち着きはじめ、神津の会社にも慣れてきた颯生は、以前より時間の融通が利くようになり、謙也に負けじと料理を練習するようになったのだ。

「あんま、上手にできなかったんだけど……」

言いながらおずおずと出されたのは、かつて謙也が教えたチャーハンだ。添えてあるポテトスープは、ポタージュ風のあたたかいもの。見た目はこってりだが、ジャガイモと牛乳なのでさほどくどくはない。

スープをすすると、たしかにすこし舌触りはざらつくけれど、身体がふわっとあたたまる。チャーハンもすこしぺたっとした仕上がりだが、颯生が手ずから作ったのだと思えばそれだけでも謙也の舌には満足を与えた。

「充分うまいよ。ありがとね、わざわざ。ほんとに上手になったね」

「だって謙ちゃん、最近、忙しいからさ。すこしはなんか、できたらいいと思って」

照れたようにそっぽを向く颯生の言葉どおり、かつてとは逆に、最近は催事ラッシュに明け暮れる謙也のほうが忙しい。

渉外業務がメインの営業本部とは違い、謙也のいる営業企画部は書類面や企画など、営業のバックアップが本業だ。しかし長引く不況で外部で頼んでいたマネキンや契約社員を縮小しているため、催事にもかなり引っぱり出されることが増えていた。

それでいて、いままでの業務、つまり書類作成やデータ入力などの雑務から、かつて颯生と親しくなるきっかけになった商品開発なども継続しているので、忙しなさが半端ない。

「ごちそうさま、おいしかった！　ほんとにありがとと。助かった」

「うん、いいけど……」

食事を終えた謙也が手をあわせて笑いかける。だが、ほっと息をついた謙也の声に疲れを見たのか、颯生がきれいな眉を寄せた。

「当分、忙しい？」

問いかけた彼は、皿を片づけようとする謙也を手で制し、「ついでにコーヒーを淹《い》れる」と席を立った。ほっそりした背中が台所に向かい、それを見送る謙也はぼんやりした声で答えた。

「んー、春の決算までは、定時に帰れると思うな、って言われた。おまけに催事って日曜とか祝日にも開催されることも多いからさ」

果たして休みは取れるのかどうか、とぼやきが出た。とはいえ、近年の催事などさほどハードではないのも事実だ。ほんの十年ほどまえまでは、この業界もまだ活気があり、催事の数も倍以上あったというから、その忙しさたるや想像を絶するものだったらしい。

「神津社長がまえに言ってたけど、昔は一年のうち、休みが数日しか取れなかったって」

「ああ、あれでしょ。出張出張で、飛行機のマイルが地球一周できるくらいたまったとか」

いざ催事の現場で働く身になると、さほど大柄でもない神津の底力を思い知る。しみじみと謙也がつぶやくと、颯生が台所から続きの言葉を告げた。

「でも、あのころってバブルの名残でイケイケドンドンだったから、忙しいって感じる暇もなかったって。まばたきしたら一年が終わった、って感じで、気づいたら十年すぎてたとか言ってたよ」

「あー、まあね。いまの状況だと、半端に不景気風吹いてるから、客も少ないし、待ち時間長くて苦痛かもしれないし……」

ふつりと謙也が言葉を切ると、マグカップふたつを手に部屋に戻ってきた颯生が「どしたの」と小首をかしげた。

「うん、いや、今日ちょっと、気になる話があってね」

謙也にカップを渡した颯生は、自分もその隣に腰かける。コーヒーをすすりながら、ちらりと目線で促してくるので、謙也はふうっとため息をついてコーヒーを吹き冷ました。

「あのね、それこそ今日の催事、神津社長が会場にいらしてたんだよね」

「あ、うん。そうだよね、たしか。社長、直帰だったから、話は聞いてないけど」

「おれ、お会いして、話す機会があったんだけど——」

謙也はそこで、この日の催事で起きた出来事を話した。颯生はたまに小さく相づちを打つだけで、おおよそを聞き終わるまでは口を挟まなかった。

「——で、けっきょく水野さま、いらしたわけ？」

ひととおりを話し終え、颯生がそう問いかけてきたとき、謙也はこくりとうなずいた。

「来ました。なんか想像してたのとぜんぜん違って、それにもびびった」

勝手に思い描いていた水野さまは、年齢もかなり高く、言うなれば強欲そうな、化粧も派手できつい雰囲気の奥さまだった。しかし、じっさいに目のまえに現れた女性は、小柄でおとなしそうな、やさしげで品のいいタイプだった。

「しかもさ、五十くらいらしいんだけど、見た目すっごい若くて、なんていうか……『かわいい若奥さま』がそのまんま年齢重ねたみたいな雰囲気だったんだ」

「ああ、だろうね。美人で楚々《そそ》としてて、悪いことぜったいしません、って感じだもんな、あのひと」

さらっとうなずいた颯生に、謙也は「えっ」と目をまるくする。

「もしかして颯生、水野さま、知ってるの？」

「うん、俺、まえの会社でオーダー品請けたことあるんだよ。んでそのとき、たまたま催事に引っぱり出されたから、ご挨拶《あいさつ》させられた」

そうだったのか、と驚く謙也に、颯生は苦い笑いを浮かべる。

「俺も水野さまの噂は知ってる。あのね、オーダーとかになると、すっげえ金払いいいんだよ。でもって、じっさい自分でも金持ってるし、なんにも困ってないの。ただ、ああいう場に行くと……って感じらしい」

――ビョーキなんだろ。

吐き捨てた野川の声を思いだし、謙也は顔をしかめてしまった。なんとなく顎がさがってしまい、仕方なくコーヒーをすすっていると、颯生が小首をかしげて覗《のぞ》きこんでくる。

「どした？　謙ちゃん」

「うん、なんかそういうの、やだなと思ってさ。お金に困ってるわけでもないのに、どうしてそういうこと、するのかなって」

あんなにも穏やかそうで恵まれている『水野さま』のなかに、どんな闇《やみ》があるというのか。あれほどの豊かさがあって、なぜ盗みなどを続けてしまうのだろう。

そしてなぜ、彼女を疑わしく思いながらも、なに食わぬ顔で接客などができるのか。騒ぎを起こしたくない、証拠がないというのはわかるけれども、それでいいのだろうか。

「それで、おれも、なんでにこにこしてんのかなって。隠語使ってまで警戒態勢取ってさ、なのに張本人のこと、レストランで商談だって、一食ひとり三万円のフランス料理に連れていくんだよね、外商さん。なにやってんだろうなって……」

謙也はこの日いちにち、ずっと笑っていた。笑いすぎて顔がひきつるほど、微笑み続けていた。そういう自分にも、なんだかひどく落ちこんでいる。

青臭い言いかたかもしれないが、正義とはどこにあるんだろう。そんなふうに感じて、なんだかつらかった。

「……うん、そうだね」

颯生はそれ以上なにも言わず、しょげた顔をする謙也の頭を抱き寄せ、そっと撫《な》でてくれる。こういうところはやっぱり年上だなあと感じ、細い肩に自分の頭を預けた。

「で、今日は盗難、どうだった？」

「うん、神津社長がしっかりガードで、無事だったみたい。おれ、入り口で受付だったから、現場は見てないんだけど、笑ってるのにスキがなくてすごかったよ」

「あはは。あのひと、うしろに目があるって話もあるから」

神津伝説すごいからね、と笑った颯生は、「でも、盗癖ぐらいならカワイイもんだよ」と猫のような目を細めてみせる。

「オーダーとかしてくる客って、けっこうものすげえのいるからさ」

「へえ、どんな？」

「うんとね、なんかの占いでカタツムリが自分のラッキーアイテムだから、それモチーフにしてくれって言われたわけ」

ふんふん、とうなずきながら、謙也は、その話のどこが『ものすげえ』のだろうと思っていた。鈍い反応に、颯生はにやっと笑う。

「ふつうじゃん、って思っただろ」

「う、まあね」

動物モチーフはさしてめずらしい話でもない依頼だ。カルティエやルネ・ラリックの1900年代初期の作品には、怖ろしく精密でリアルな爬虫類《はちゅうるい》を象ったブローチやネックレスなどがあるし、むろんカタツムリも存在する。

「まあね、モチーフ自体はめずらしくないよ。ただね、それが、『リアルな大きさのカタツムリのリング』だとしたら、どう思う」

「……リング？　ブローチ、じゃなくて？」

「そう。まるっとしたカタツムリで。大きさは、そうだな……だいたいこんくらい？」

颯生が親指とひとさし指で示したのは、少なく見積もっても三センチほどの高さだ。唖然《あぜん》と目を瞠《みは》った謙也に、颯生はにやにやと笑った。

「しかも指定が金無垢《きんむく》、もしくはプラチナ。なかが空洞なのはダメ、立体感もリアルに」

「じゅ、純金カタツムリが、手に、どーん？」

なんともいえないその姿を想像し、謙也は顔を引きつらせるしかない。しかもいま颯生は『金無垢、なかが空洞なのはダメ』といった。つまり、純金の塊だ。謙也の疑念を察したように、颯生はにやにやとしながら続けた。

「重いぜぇ？　すごくない？　比重で概算したら、十八金で五百グラム弱、プラチナで六百グラム弱だった。しかもそれにメレ石埋めこむんだって」

うひゃひゃ、と颯生は笑うけれど、謙也は笑えなかった。少なく見積もって五百グラムの指輪。そんな重いもの、どうするつもりだ。筋トレでもする気だろうか。

「えっと、記念飾りとか、そういう意味で作るんじゃ……」

おずおずとした問いかけは、颯生にあっさり叩き落とされた。

「いや、お守りにするから肌身離さずつけるんだって。ふだん遣いのカタツムリリングよ」

「……どうやって生活する気なんだろ、そんな強烈な指輪つけて」

謙也がさらになんともいえない顔になっていると、「まだあるよ」と颯生はにやりとする。

「ほかにはね、どっからどう見ても、クズ石でしかない変な翡翠《ひすい》、持ちこまれたわけ。またこれが、鑑定書はついてるけど、うさんくさくて」

正直いって、道ばたで拾ったガラスよりも汚い石だった、と颯生はつけくわえた。

日本における宝石鑑定士というのは民間資格でしかなく、じつは意外に簡単に取れる。むしろ鑑定した組織そのものが大手で老舗《しにせ》であったり、目利きであるという相手への信用度によるところも大きい。鑑定書がついていたところで、すんなり信用できるというものではないのだ。

「俺も当時のデザイン室の連中も、これどうすりゃいいのよって頭抱えて。総掛かりでいろんなデザイン出してみたんだけど、どれもこれもＯＫしないのね」

「なんで？　気にいるものができなかった？」

「ううん、そのひとの意見じゃないんだ」

オーダーなのに顧客の意見じゃないとはこれいかに。謙也が顔をクエスチョンマークでいっぱいにしていると、颯生は言った。

「決めるのはそのひとじゃないんだって。『神さまがそう言ってるから』って」

謙也は大口を開けて絶句し、颯生のにやにや笑いも、さすがに苦いものを含んだそれに変わった。見知らぬオーダー客の崇《あが》める神がどんな神だか知らないが、あまり真摯《しんし》な意味でお告げをするタイプにはとても思えないし、颯生も同意だったのだろう。

「そんなわけで、『神さま』がリテイクリテイクですごくてさ。でもって、ひとつデザイン出すと、三ヶ月くらい返事ないわけ」

「それはまた……」

間に立った営業の人間や、リテイクのたびにため息をつくデザイン室の顔ぶれを想像し、謙也は苦い顔になった。この手のオーダー品はそれが商品として納品されるまで、一円の儲《もう》けもない。よほど無理難題を言われてこじれる場合はデザイン料だけ支払わせることもあるが、相手はなにしろ神さまだ。デリケートすぎてなにも言えなかっただろう。

「そうこうしてるうちに、二年くらい経《た》っちゃって。で、正直返事のなさに忘れかけてたころになって、『神さまがそう言ってるから』依頼はやめます、石を返して、って言われた」

「……で、どうなったの？」

「ん？　みんな喜んで梱包して返したよ。速攻で。『神さまが言ってるんじゃあしょうがない』って、デザイン室のやつも営業も、にこにこしてた。宅配便の業者がそれ持ってったときは、荷物の引き渡しする玄関口で、全員でばんざい三唱」

謙也は、思わずその情景を想像して、ぶはっと笑った。おそらく、厄介かつ電波な客を相手せずにすむことで、誰もが安心したに違いない。

「た、たしかに、神さまじゃしょうがないね」

「うん、しょうがないだろ？」

ふたりで目を見交わし、またぶふっと噴きだす。

「ふは、ははは！　で、でさ、カ、カタツムリのほうは、ちゃんと納品されたの？」

「あー、そっちはね、けっきょくデザイン気に入らないってごねて、没になった。でもじつは、見積もり出したらお値段おいつかなかったみたい」

「まあ、だよなあ、五百グラムの純金じゃ……ふ、ふふ」

地味で奇妙なおかしさに、腹筋がひくついて止まらない。

ひとしきり笑って、ようやく息がつけた気がした。そして、さらさらとやさしく頭を撫でる颯生の手を取り、そっと自分に引き寄せる。

「まあそんなこんな、世のなかには、いろんなひとがいるわけだよ」

颯生の言葉に、いやな事実に疲れていた気持ちが、ふっと楽になる気がした。

「うん、いろんなひと、いるよね」

「いるいる」

「おれ、フツーのひとでよかったなあ」

しみじみつぶやくと、颯生は「あはは」と笑う。屈託のない笑顔にちょっとだけきゅんとしつつ、わざと乱暴に小さな頭を小突いてやった。

「なんだよ、笑わないでよ。ほんとフツーでしょ、おれ」

はいはい、わかったわかった。颯生はまだ笑いながら、じゃれついてくる謙也の手を躱《かわ》そうと身をよじる。そのまま絡みつき、ソファに押しつけた颯生がなおも笑って逃げるので、細い手首を両方摑《つか》み、一瞬だけ怖い顔を作ってみせたあと、強く、きつく、口づけた。

「ん、もう、ギブ。謙ちゃん、痛いって」

「だめ」

痛い痛いと言いながら、それでもまだ笑う颯生の唇に嚙《か》みつき、がっしりと頭を両手で摑んで固定する。そのままふざけあって続けていたキスは、いつの間にか本気のものへと変化し、颯生のしなやかな腕が謙也の背中にまわされる。

「ん、んん」

喉声《のどごえ》をあげて仰《の》け反《ぞ》る颯生の口腔《こうこう》は熱い。舌先ですくいあげるように、颯生の薄い舌を絡め、敏感な先端を何度もあま嚙みしていると、もぞりと動いた脚が謙也の脚に絡んだ。

「さつき」

「ん？」

「ありがと」

「なあにが？」

くふふと笑った颯生は、ちょっとだけ目を細める。照れたときの表情は、ふだんきつく整った顔をあまくやわらかくほどかせて、謙也の唇を誘った。

「……こら、疲れてんじゃないの」

「別腹、別腹」

「意味ちがうっつうか、使用法も違うっつうか……ん、あ」

じゃれるように部屋着のカットソーのなかへと手を差しいれる。厚着が好きではない颯生は、冬場でもあまり着こまない。こういうときはとても助かると思いながら、引き締まった腹部を撫で、細い腰を包んだボトムの隙間《すきま》に手を入れた。

股上《またがみ》の浅い下着のおかげで、下腹部にはすぐ指先が届く。さらにさきへと忍ばせることはせず、薄い下生えをただ撫でるとしゃりっとした感触がした。戯れるように指に絡めて引っぱると、颯生がもどかしそうに身体を揺らす。しばらくそうして遊んでいると、薄い腹部が上下し、身体のしたにいる彼が小さく息をついた。

「さわってほしい？」

のしかかり、頬に頬をくっつけて問いかけると、触れた肌がかっと熱くなる。くすくす笑う謙也の背中を平手でひっぱたいた颯生が、手首を摑んでぐっと押しつけてきた。

（焦《じ》らしたら、怒るな）

あんまり意地悪すぎると、怯《おび》えさせてしまうかもしれない。基本、淡泊で穏やかだと思っていたのに、颯生を相手にするとなにごとも度を超すところのある自分を知っているから、追いつめすぎずに硬度を持ちはじめたそれを握りしめる。

「颯生、脱いで」

ささやきながら手は離さない。じろりと赤らんだ目で睨んだ颯生は、けれど抗《あらが》うことはしないまま、愛撫《あいぶ》する手を止めない謙也のまえでボトムごと下着をおろしはじめる。

半身を彼に乗せたままだから、当然脱衣はやりにくい。それでも颯生はどけと言わないし、謙也もどこうとしない。ただ、自分のために服を脱ぐ彼をじっと、いとおしいと知らしめる目で眺め、愛《め》でる。

「これ以上は、ちょっと、無理」

不自由な体勢で、腿《もも》のなかばくらいまでをどうにかおろしたあとは、さすがに腕が届かなくなったらしい。困ったように眉を寄せて言う彼の唇をついばんで、「うん、いいよ」と謙也は微笑んだ。

手のなかの颯生はもう、すっかり震えてうえを向いている。屈《かが》みこんだまま口を開け、ぱくりと含んだとたん、引っかかったボトムのせいで不自由な脚が跳ねた。

腿をひとまとめに抱きしめるようにして、ゆっくりとそれを口のなかで転がした。つけ根のあたりまで舐《な》めおろし、さきほど指でもてあそんだ下生えに舌を絡め、軽く噛んで歯を軋《きし》ませる。

「あっ……あっ……」

控えめにあえぎだした颯生は、くしゃくしゃと謙也の髪を両手でかき混ぜる。ときおり、耐えきれないようにびくっと震えては指に力をこめるけれど、抵抗しない。

(ふだんなら、いきなりなんだ、って照れて怒るのにな)

体力だけでなく、メンタル的にもすこし疲れている謙也の好きにさせてくれるつもりなの

だろう。

颯生のこういうところが、たまらない。なんでもしてあげたい。乱れて、あまえて、とろとろかわいく溶けてほしい。そしてとろけきったなかに、自分を入れて包んでくれと、それだけを思う。

「颯生」

名前を呼ぶと、震えて赤くなりながら、潤《うる》んだ目をこちらに向ける。ほっそりした手を握りしめ、やさしくてときどき不器用なその指先に、謙也は口づけを落とした。

＊　＊　＊

あまったるい週末を終え、機嫌よく『オフィスＭＫ』に出社した颯生は、朝いちの定例会議に出席した。

「夏の催事向けの商品補充と、新作についての提案は、いま配った企画書のとおりだ」

神津のよくとおる声で補足の説明をいくつかなされた。親会社であるオガワ貴石からの意向も取り入れ、仕入れてきた石を活《い》かしての制作を考えている、とつけくわえられた。

「それから、三橋さん提案の低価格ラインについても、オガワさんのほうが是非《ぜひ》という話になってね。この間の催事で、東西さんに持ちかけたら、一階にブースを出すことを検討してくれるらしい」

颯生は目を輝かせ、神津はにっこりとうなずいた。以前から颯生が神津に持ちかけていた企画は、すこしずつ具体化しはじめている。

「ただ、まずはブランド展開ではなく、オガワさん主体で、石をメインにした商材制作が望ましい、という話だ。ほかの若手デザイナーなどといっしょの、フリーコーナーに出してテスト販売することになるかもしれない。むろん、ミニコーナーは設けてもらえるようだが」

正式なブランドショップとしてコーナーがもらえるわけではないと告げる神津に、颯生はうなずいた。

この会社に出資しているオガワ貴石としては、ブランドを立ちあげるよりも、やはりメイン商材である貴石や半貴石などを売っていきたいそうだ。ノンブランドの、いわゆる『石屋ブランド』でも、商売になればそれでいい、という考えが強いらしく、ブランドイメージの構築や、デザインの種類などはどうでもいいと言い放つことさえある。

神津は神津で、プロデューサーとしておのが理想とするブランド、その名に恥じない商材を作りあげ、全国展開していきたいというポリシーも強いため、まれに衝突することもある。

(売りかたに対しての考えの違いだから、そこはしょうがないんだよな……)

神津とオガワ貴石は、颯生が提案した低価格帯の展開が、その折衷案になると考えたらしい。颯生としてもそのあたりを狙《ねら》っての考えもあったので、とくに異論はなかった。

「悪くないんじゃないでしょうか。ブランドとして打って出るのは、モノのよさを知らしめてからでも遅くはないと思います。形だけ先走っても意味はありませんし」

颯生の返答に、神津が苦笑した。かつて、それこそ形ばかり先走ったブランドを作るプロジェクトに颯生と神津が参加したことで、現在がある。

「神津社長がそれでいいと思われたなら、俺はついていくまでですので」

「わかりました。では、オガワさんともう少し話を煮つめてみます」

その後は先日の催事での売上げ報告から、来期の予算案の話へと続き、会議は昼をまえに終了した。

昼食を食べに出ようとした颯生を、神津が呼び止めた。

「三橋さん、外ですよね。たまには昼、いっしょにどうですか？」

「えっ、社長、今日はお弁当は？」

颯生は、すこし驚いた。神津はふだん、愛妻弁当を欠かさない。結婚して三十年が経つのに奥さんえらい、と毎回感心していたのだ。

「じつは、うちのが風邪ひいちゃったんですよ。なので外食しなきゃならんのですが」

苦笑する神津に「奥さん、だいじょうぶですか」と問えば、たいしたことはないのだと教えられた。むしろ微熱だからと言い張る奥方に「無理の利かない歳《とし》なんだから、たまには休め」と伝えたところ、大変にむくれられたのだそうだ。

「気を遣ったつもりが、『わたしはそんなトシじゃない！』って怒鳴られて。そんなわけで、軽くストライキを起こされたんですよ。夜はあいつの気に入りの中華でも、機嫌とりに買って帰らなきゃ。……てなわけで、どうです？」

「あはは、じゃあ、ご一緒します」

ふだんは堂々たる風格の神津が、奥方に拗ねられて本気で困っているのがおかしかった。そして、こういう人間味のあるところを隠さない神津だからこそ、好感が持てる。

ふたりして向かったのは会社近くの定食屋だった。近隣で働く会社員たちがごった返すなか、オガワ貴石の社員らの姿を見かけ、軽く会釈する。

『オフィスＭＫ』はオガワ貴石の持っているビルのなかにあった。神津がこの会社を立ちあげる際、テナントに空きが出たこともあって、そのまま借り受けることになったらしい。

「これじゃ、あんまり細かい話はできないな」

ひそひそと告げてきた神津に「ですね」と颯生もうなずいた。

いくら親会社とはいえ、内部事情をすべてつまびらかにしているわけではない。意見が対立する部分もあるし、へたな話をすれば不利な事態に陥りかねない。

適当な席に座り、めったに昼の外食をしない神津は颯生におすすめのメニューを問いかけ、日替わりメニューをふたりで頼んだ。しばし世間話に興じていたが、颯生はふと思いだしたことを口にした。

「ところで、先日のクロスローズの催事の話で、ちょっと小耳に挟んだんですけど」

「なんです？」

「水野さまの、話なんですが」

颯生がこそりと問いかけると、神津は出されたお茶をすすりながら指摘した。

「出所は羽室さんかな？」

颯生が一瞬ぎょっとして、「なんでわかったんですか」と目をまるくする。神津にはプライベートな話をしたことはないし、交友関係などむろん知られてもいないはずだ。だが壮年の上司は、颯生の反応をこそおかしそうに笑った。

「あなた、以前はクロスローズさんとこで契約なさってたじゃないですか。野川さんからも話は聞いてますし、羽室さんと友人だというのも、知ってますよ。この狭い業界ですから」

「あ、そ、そうですか」

変に身がまえた自分が恥ずかしく、颯生は頭を掻《か》いて赤くなる。

（いかんな。謙ちゃんとの関係が関係だから、過剰反応しちまった）

神津の言ったとおり、ハイジュエリーの世界はじつに狭い業界なのだ。仕事の内容にあまりに専門的な部分が多いため、転職しても同業種に移ることが大半。ある程度長い人間なら、業界内はほぼ全員顔見知り、という状態に近い。

「で、その。水野さま、だいじょうぶなんですか？　俺も、だいぶ以前から、あの噂は聞いてるけど……」

「あの方については、ご機嫌さえよければ悪い癖は出ないんだ。ストレス解消かなにかなんだろうねえ」

困ったものだ、とため息をついた神津に、颯生も「めずらしい話でもないですしね」と前置きして言った。

「これもデザイナー仲間から聞いたんですけど、最近、環《たまき》先生のところでもトラブルが続いているようだから」

「トラブル？　環先生って、『ジュエリー・環《かん》』の？」

「ええ。社員が、盗難を起こして辞めたらしいんです。一応、ブラックリスト扱いにしたいってことで、名前もまわってきてます」

苦い顔をする神津に、「社員といっても子会社のクラフトマンらしいから、うちでは直接関係ないと思いますけど」と颯生はつけくわえた。

「いや、関係ないということもないだろう。外注に出しているところもあるし、気をつけるように伝えておくよ。しかし……環先生も災難だな、次から次に」

ぽつりとつぶやいた神津の言葉に含みを感じ、颯生が小首をかしげると、「いや、なんでもない」とごまかされてしまった。

一瞬流れた沈黙を埋めるように、日替わり定食が運ばれてくる。今日は麻婆豆腐と中華スープのランチで、安いわりになかなかうまいそれを、お互い黙ってつついた。

(言えない話でもあるのかな)

いろいろと大人の事情も渦巻く世界だ。あまり突っこまないのが得策だろうと、颯生は追及をやめた。神津も話を変えたかったらしく、表情を戻すと、唐突に言った。

「ところで羽室さんと三橋さんは、だいぶ仲がいいのかな?」

「え、は、はあ。よく遊びに行ったりはしますが……なにかまずいですか?」

「ああ、いや、なにもまずくないよ。人間関係は広いほうがいいと思うし。ただちょっと、羽室さんについて聞きたいことがあってね」

なんだろう、と颯生が首をかしげると、神津はどきっとするようなことを言った。

「羽室さんは、その、あれかな? おつきあいしている女性なんかはいるのかな」

「え……なぜ、ですか」

いやな予感に身がまえながら颯生が問いかけると、神津は「こういうのは苦手なんだが」とため息をついて、颯生にすがるような目を向けた。

「この間の催事で、羽室さんが受付をなさってたでしょう。そのとき、沢田商会の人間がVIPのお迎えをすっぽかして、偶然おつかいに出た羽室さんが、ご案内なさったそうなんですよ」

「えっ!? なんですかそれ、まずいじゃないですか」

「むろん、奥村さま……ご招待を受けたお客さまなんですがね、かんかんで。おまけに寒いなか待ちぼうけだったもので、なんでも翌日、そのおかげで風邪を引かれたとクレームの電話が入ったそうで」

最悪の展開だ、と颯生は顔をしかめたけれど、それが謙也にどうつながるのかわからない。疑問は顔に出たのだろう、神津は困ったように頰を掻いて、彼らしくもなくもぞもぞと言った。

「で、その。奥村さまのお孫さんで小池笑美理《えみり》さまというのだけれども、そのとき、いっしょにいらしてね。頑固な奥村さまが、迎えが来るまで、てこでも動かないといっていたのを、羽室さんがあっさり会場に連れていったことに感心したんだそうだ」

謙也ならではだな、と颯生はすこしおかしくなった。あの穏やかでやさしい雰囲気と笑顔は、どんなつんけんした人間の心もほどいてしまう。そして気づくとあっさり、彼のペースに乗せられているのだ。颯生自身がもっとも乗せられている人間でもある。

だが、恋人の美点にうっとりしている場合ではないらしい。

「奥村さまもね、本当になんというか……ちょっとむずかしい方で。あんなふうにご機嫌を直すなんて、羽室さんはどういう魔法を使ったのかなと思うのだけれどもね。その魔法について、小池さまは大変熱心にその、語られてね」

話の流れにますますいやな予感が募り、颯生は「はあ」と気乗りしない相づちを打ったが、神津は気づかないままに爆弾を落とした。

「まあ、なんだね。困っていたときに助けてくれたハンサムな青年に、お嬢さまがのぼせあがっちゃったというのかな？」

いうのかな、もなにも、そのまんまだろうと内心吐き捨て、颯生は不機嫌が顔に出ないようにとつとめた。

「……それでなんで、神津さんに話がいってるわけです？」

「じつは会場で、わたしと羽室さんが水野さまの件で話しているのを、奥村さまが見ていらしたようなんだよ」

そういうラインか、と颯生は目を据わらせた。孫娘にあまい祖母が、恋を取り持ってやろうというのだろう。そしてそのターゲットは謙也で、ＶＩＰ客ご指名の話に誰も彼もが断りきれずにいるらしい。

「ただね、その……これを直接クロスローズさんに持ちこまれるよりは、マシな展開だというのは、理解してもらえるかい？」

「ええ。まず俺に探り入れていただけたのも、友人として本当にありがたいです」

会社命令でお嬢さまとつきあえ、などということになれば、謙也の社内での立場上、逆らえない。そうなるのをおそれて、神津はさきに『友人の』颯生に話をしてくれたのだ。そういう意味では、本当に助かった。

神津は颯生の表情がすこしほぐれたのを見て「念のため言うが、わたしは縁結びのつもりはまったくないんだ」と前置きして、さらに言った。

「それに奥村さまは頑固ではいらっしゃるけど、横暴なひとではないよ。むしろ、あんな好青年に相手がいないはずはない。色恋沙汰《いろこいざた》に無理強いはよくないし、あきらめるように言うなら早くしてやってくれと、そういう話でね。単なる情報収集と思ってほしい」

「そうですか。それなら、すこし安心しました」

本当はすこしどころではないけれど。ほっと息をついた颯生は、申し訳なさそうな顔を作って神津に言った。

「あの、羽室さん、ちゃんと恋人がいますから。軽々しく気持ちを変える人間でもないので、お嬢さまにはちょっと、見こみはないかと……」

なぜか神津もほっとしたようだ。こんな話を持ちこまれたのは、やはりあまり気が進まなかったのだろう。

「そうか、やっぱりなあ。お嬢さんにはかわいそうだが、そう伝えておく」

「お願いします。あと、この件、羽室さんには俺から言っても？」

「いや、本人あずかり知らぬところで起きた騒ぎだから、言わなくてもいいんじゃないだろうか。もう終わったことだし。むろん、友人同士として、三橋さんが教えてさしあげても、わたしはまったくかまわないけれど」

「……そうですね。考えておきます」

残りの定食を食べはじめた神津は、肩の荷が降りたとばかりにべつの話題へと移っていったが——世間話に相づちを打ち、笑みを浮かべた颯生のこめかみは、すこしばかりひきつっていた。

＊　＊　＊

颯生が神津の話に頭を抱えたのと同時刻、『クロスローズ』本社では、週末の間に行われた催事の報告処理のため、謙也が昼休み返上でパソコンに向かっていた。

「羽室、これも処理しといて。ついでにこっちも出しといて」

催事日報と領収書を束にして突きだした野川の声に、謙也は顔をしかめた。

「ちょっと野川さん、領収書は自分でまとめて経理に持ってってくださいよ」

「俺これからまた出張なんだよ。な、頼むから。ちょっと持ってってくれるだけでいいから」

拝む真似をするあたり、また高額な出費でもあったのだろう。ちらりと眺めた但し書きには『お食事代として』の文字。

（どうせまた飲んだんだろ）

経理部の窓口でねちねちやられるのがいやで押しつけてきたのは間違いなく、謙也はうろんな目になった。

「だめです。自分の仕事は自分でどうぞ。それに、詳細説明しろとか言われても、俺じゃなにもわかりません。日報の入力は引き受けるから、ちゃんとしてください」

「ちっ」

舌打ちして引っこめた野川に背を向け、出された書類の入力に向かった謙也は、その日報のなかにある商品明細の、『▶¥358,000』の記述を見て眉をひそめた。

黒い三角マークは、マイナスの意味だ。催事日報の場合、たとえば現場で商談が成立し、いちど書類に計上されたものが返品になったときなどに使われる。

だが、その書類の内訳は空欄。なんの説明書きもなく、前後の書類を確認しても、該当する品が売れたという報告はない。

「野川さん、これ……なんでマイナスですか」

席を立った謙也が、出張準備をしていた野川に問いかけると「あれ、おまえ聞いてないのか」と彼は顔をしかめた。

「あ、そっか。おまえ、新春宝飾展、初日しかいなかったんだっけか」

謙也が初日にかりだされた催事は、金土日の合計三日間行われていた。苦い顔をした野川に「ええ」とうなずくと、彼は謙也の耳に口を寄せ、手で隠した。

「今度の営業会議で議題にはあがるけど、二日目、盗難が出た」

「えっ……」

謙也がいた日は無事だったものの、残りの日程では盗難事件が起きていたと知らされ、謙也はひどく驚いた。催事の最終日には、いったい誰だと各社騒然となったらしいが、ことが表立つのを控えるため、社内でも知らせている人間は少ないのだという。

「じつは今回の欠品、うちだけじゃなくてな。『クローニカ』さんとこもやられた。それと……『環《かん》』さんとこなんかは、スタッフの財布からと、経費の袋も消えたらしい」

あげられた名前はいずれも宝飾ブースに参加していたブランドで、オープンディスプレイだったところばかりだ。

「も、もしかして水野さまですか?」

「それが、わからんのよ。いままではカネなくなったことなかったし」

限りなく黒に近い水野夫人だが、宝飾品を場内から盗んだと疑われているだけで、さすがに現金にまで手をつけたことはなかったそうだ。

「それに水野さまの場合、べたづきで営業がついてまわるだろ。『クローニカ』のブースには立ち寄ってもいない。そもそも、スタッフの財布から盗《と》るとなれば、スタッフルームに入らなきゃ無理だ」

「じゃあ、内部犯行ってことに……」

そうなる、とうなずいた野川に、ずんと胃が重くなった。青くなった謙也に、野川はしかたなさそうに苦笑し、肩を叩く。

「まあ、おまえだけは間違いなく犯人からはずれる。現場にいなかったからな」

慰めを言われても、すこしも気持ちは軽くならない。もしかしたら謙也が言葉を交わした誰かのうちに、窃盗犯がいるかもしれないのだ。

「あんま気にすんな。もしかすると、単に員数チェックの間違いかもしれんし。ともあれ、俺はこれから京都でブツのチェックだからさ」

野川は、新春宝飾展から京都の催事に直接搬入された商品の確認のため、出張に飛ぶという。

「見つかるといいですね」

力なく言った謙也の声に、野川は苦く笑った。その表情に、可能性は低いと知らされ、いっそう気持ちは落ちこんだ。

「しょげんな。そんなわけでおまえも当面、催事にかりだされるぞ」

「え、な、なんでですか」

「警備用の若い男手がいるんだよ。しばらく、飛びまわる羽目になるからな」

野川が言ったと同時に、課長の席から「羽室、ちょっと」とお呼びがかかる。謙也がうんざりした顔を隠せずにいると、野川は「がんばれやー」と笑って、ブリーフケースを手に颯《さっ》爽《そう》と出て行った。

＊　＊　＊

課長からの話は案の定、都内に限るけれども、ことがはっきりするまでは謙也も営業部の人間として、現場に出るようにとのお達しだった。

野川の言ったとおり、当面の間、各種の催事では警戒態勢を取ることになった。謙也は見栄えもよく、人柄にも信頼がおけるとのお墨付きで、『警備人員』として現場行きを余儀なくされてしまったのだ。

そして謙也はさっそく、その週末に催された、田園調布の高級レストランでの展示会におもむく羽目になっていた。

「いらっしゃいませ。お待ちいたしておりました。どうぞこちらに——」

次々と、着飾ったセレブ客たちが、華やかなエントランスを歩いていく。

レストラン、といっても一般の客に開放されているそれではなく、いわゆる会員制の超VIP専用の店。外見は瀟洒《しょうしゃ》な洋館、といった雰囲気で、エントランスには螺旋《らせん》階段とグランドピアノ、白いテーブルと椅子《いす》が設置されたテラスにはバラが咲き乱れている。

（どこのお城……）

たぶんこの仕事に就いてでもいなければ、謙也などは一生拝むことのない空間だ。招待した顧客たちには、まずピアノの生演奏をバックにお食事会、担当者は気を逸らせないように歓談につきあい、その間に謙也ら下っ端は現場の設置を行う。

そして準備が整ったところで、二階にあるパーティー会場へと移動していただき、販売が開始だ。

設営と搬出はむろんのことだが、この日の謙也は受付ではなく、会場内でのアシスタントを任されている。課長もさすがに接客をしろと言うほど酷ではなかったらしいが、いろんな意味で緊張の度あいはすさまじい。

「羽室さん、こちら、商談決定ですので、伝票お願いします」

「あっ、はいっ」

大ぶりのブローチが売れたらしく、革張りのトレイに乗せられた品を持った女性マネキンが「よろしく」と差しだしてくる。後日の発送ではなくこのまま持ち帰りになるとのことで、タグを切って伝票を書き、手早く規定のパッケージに詰めて梱包《こんぽう》。

「遅い。もうちょっと早くっ」

「すみませんっ」

手際が悪いとベテラン女性に小声で叱《しか》られ、冷や汗を流す謙也は、先輩社員やマネキンらがVIP客をあしらう傍ら、とにかくひたすら笑顔を作っていた。

（あー怖い、まじ怖い）

表面だけはにこやかだけれど、なにしろいずれも安くて数十万、うえは何百万からさらに桁《けた》違い、という商品を扱う現場だ。緊張感は半端ではなく、そのなかで悠々としている客たちは、世間の不況などなにものぞというセレブ揃《ぞろ》い。

そしてまた、売る側も百戦錬磨の人間ばかりだ。

「とてもよくお似合いです！　先日お求めいただいたネックレスともコーディネイトができますし、お召し物を傷めないよう、金具もこのように、クリップになっておりますので――」

ブローチをすすめる野川は、ふだんのおおざっぱな彼と同じ人物とは思えない流暢《りゅうちょう》なトークで、白髪の女性の服装を手放しに誉めている。

「こちら、大路《おおじ》さまにはおすすめでございますよ。ふだん遣いにカジュアルなデザインですし、ほら、リングがパーツで分かれておりますから、色あわせの楽しみもありますし」

首に大ぶりなエメラルドをつけた女性に、しきりに商品をすすめているのは大島だ。ふだんの関西弁トークはどこへやら、上品に「おほほ」と笑った彼女がおすすめの品は、腕にびっしりダイヤの埋まった上代三百万の三連リング。

（ふだん遣い……ふだんってなんだろう……おれ、やっぱり内勤でいいや……）

社内で数字とデータを扱っているだけではけっして見えない、魑魅魍魎《ちみもうりょう》の世界だ。謙也が遠い目になりかけたとき、小さく「あら」という声が聞こえた。

「あ、あの……羽室さん、ですよね？」

「え？」

きょろきょろと周囲を見まわし、ふと気づいて視線をさげた謙也はそこに、小柄な女性を見つけた。身長差がありすぎて、視界に入っていなかった彼女は、あの小池笑美理だった。

「これは、小池さま。いらっしゃいませ」

「こんにちは」

「本日は奥村さまとご一緒に？」

「はい。おばあさまが、連れてきてくださって」

恥ずかしそうに首をすくめ、小さく微笑んだ笑美理は謙也の笑顔にぱっと顔を赤らめる。

聞いた話だと、彼女はまだ女子大に通う学生で、二十歳になったばかりだそうだ。

会釈をすれば去っていくだろうと思ったのに、なぜか笑美理は自分の担当営業を後目《しりめ》に、謙也のまえから離れない。いささか不思議に思ったが、まだ子どもっぽいところのある笑美理を相手には、さほどの緊張も覚えずにすむと、謙也は自然な笑顔を作った。

「そういえば、お誕生日を迎えられたそうですね。おめでとうございます」

顧客データベースにあったデータを引っぱり出し、会話のつなぎとして口にした謙也に、笑美理は目を輝かせた。

「ありがとうございます。笑美理のこと、知っててくださったの？」

その言葉に、あれ、と謙也は思ったけれど、相手はＶＩＰ。「ええ、まあ」と当たり障りのない返事で語尾を濁すしかない。笑美理は気づいた様子もなく、小首をかしげて微笑んだ。

「羽室さんも、なにかお祝いしてくださる？」

「え、いやあ……わたしごときでは、小池さまの気にいるようなプレゼントは、とても」

これはジョークなのか、それとも天然のおねだりなのか。セレブお嬢さまの言動を読みとりきれないまま、謙也は一瞬逃げ場を探すように視線をめぐらせ、ふとノベルティのパッケージに目を止めた。なかに入っているのは、シルバーでできたキーリングだ。流線型のさきにハートのチャームがついたデザインで、二十歳の女の子が持ってもおかしくあるまい。

「すみません、これひとつ、いただいていいですか？」

ブースの端に設置された、商談テーブルで接客をする野川に小声で問うと、小池と謙也をさっと見比べた彼は小さくうなずいて了承の意を表した。

小さなひも付きの袋にそれをさっと入れた謙也は、「これを」と笑美理に差しだした。

「わたくしどものほうから、ささやかですが」

「まあ。いいんですか？　おねだりしたみたい」

いや、したんだろ。というツッコミはあくまで内心にとどめる。マスカラとアイラインでさらに大きくなった目を瞠る笑美理は、にっこりと微笑んだ。

「嬉しい。羽室さんからプレゼントなんて」

「いえ、あくまでその、わたくしどもからの――」

「大事に、しますね」

ぽっと頬を染めたお嬢さまは、微妙に言葉が通じてくれないようだ。だがともあれご機嫌は取れたし、すぐに彼女の担当である沢田商会の営業さんが引き取りに来てくれたので、謙也は胸を撫で下ろした。

「羽室、いまのは小池さまだな？　なんでおまえが面識あるんだ」

笑美理が去ってしばらくしたのち、営業課長が不思議そうに問いかけてきた。

「この間の新春宝飾展で、いちどお目にかかってるんです」

「ああ、そうか。すっぽかしのフォローいれたのがおまえだったな」

そうかそうか、と納得したようにうなずいた課長は、なぜかにんまりと笑って謙也の肩を叩いた。

「よし、羽室。おまえ今日、小池さまの担当になれ」

「えっ!?　いや、だって、沢田さんのお客さんじゃないですか」

「あくまで沢田さんの担当なのは奥村さまのほうだ。小池さまは正直、おまけなんだよ。証拠に、しょっちゅうほっとかれてるだろ」

言われてみると、奥村に対しては下にも置かない態度の男は、微妙に笑美理についての気配りが足りていない。先日も迎えをすっぽかすなど、言語道断な真似もしていた。

「それに、担当営業っつったって、ブツを買うことまでは禁止はしてない。幸い今回のウチは、若いお嬢さん向けの品もあるし」

「そもそもおれは、接客は無理で」

勝手なことを言う課長に対しての謙也の抗弁は、いっさい通じなかった。

どころか、その後、ノベルティの礼をと奥村までもが謙也のいるブースに訪ねてきてしまい、勢い、付け焼き刃の商品説明までもやらされ——。

「そうね、羽室さんがおすすめなら、そちら、いただきましょうか。笑美理には似合うでしょ」

「ありがとうございますっ」

なぜだか機嫌のいい奥村の気前のいい言葉とともに、シンプルだがけっこうなお値段——ちなみにゼロの数は六つ——のリングとピアスのセットがお買いあげとなり。

「サイズ直し、お願いします。できあがったら羽室さんからご連絡くださいね？」

「はあ……はい」

謙也にはなにがなんだかわからないうちに、小池笑美理さま担当としての地位が、確立してしまっていた。

＊　＊　＊

その日、疲れた身体をひきずって自宅に帰った謙也は、風呂からあがるなり颯生に電話を入れた。なんだか精神的にくたびれて、話を聞いてもらわずにはいられなかったのだ。

「……てわけで、なんだか知らないうちに、担当にまでさせられちゃった」

『ふうん……』

謙也の愚痴ともつかない話を聞いていた颯生は、どうにも歯切れが悪かった。だが、ぐだぐだとした話をする自分が悪いのはあたりまえかと、謙也はすぐに反省した。

「ごめん、つまんない話聞かせて」

『あ、ううん。つまんないとかじゃないよ。ただ、ふだんの仕事と違うから大変だろ？　だいじょうぶ？』と気遣ってくれる声は、言葉のとおりやさしい。まだ湿った髪をタオルで拭《ぬぐ》いながら、謙也はしみじみと『癒《いや》されるなあ』と感じていた。

「大変は、大変。いまの時期、これから春先まで、とくに催事多いしさ」

『じゃあ当分、催事続きになっちゃうわけか』

「どうも、そうみたい。土日ぜんぶ潰《つぶ》れるよ。売上げ立てたのは査定にも加味されるから、いいっちゃ、いいんだけどさあ」

もともと警備要員のはずが、今回の小池笑美理の件もあり、接客もいけるのではと思われたらしい。とんだ誤解だと思うのだが、あまり強く言うのもはばかられる。

『もともとの理由のほうは、どうなの？』

問われて、謙也は顔を強ばらせた。神経が疲弊しているのは、盗難に備えて気を張っていたということも大きな理由だ。

「今回は、とりあえず盗難はなかった。ていうか、颯生もあの話、聞いてたんだよね？」

『うん。この間の催事直後の昼休み、神津部長がわざわざ誘ってくるから、なにかと思った。定食屋じゃけっきょく、オガワさんちの社員さんいたから、話せなかったんだけど』

一斉盗難事件については、やはり現場にいた会社の人間ほとんどに通達されたようだ。内部犯行の可能性が高いことも颯生は聞いたらしく、彼の声も重かった。

『あのさ、俺、造りの部門のほうだから、よくわかんないんだけど。そういうのって、警備会社の人間雇うわけにいかないのかな』

「無理。ああいう場って、接待も兼ねてるし」

颯生はデザイナーとして業界に関わっているが、じっさいの販売の現場についてはさほど詳しくないのだそうだ。謙也は、ふだん教えを請う立場になることが多い年上の恋人に、自分が説明しているのがすこし不思議だと思いつつ、野川にも言い含められたことを口にした。

「見張られるとお客さまが萎縮《いしゅく》しちゃうし、現場にいる人間は接客もしないとなんないから。相手にリラックスしていただかなきゃ意味ないいんだよね」

なにしろ一般の店舗とは違い、展示即売会、なのだ。警備を強化して窃盗犯に圧力をかけるのはいいが、それでVIP客に不快な思いをさせたりしては、本末転倒になる。

「まあ、買わずにごはんだけ食べて帰るひとのほうが多いんだけどさ」

謙也のぼやきに『それじゃ無駄金だなあ』と颯生が苦笑した。彼のツッコミのとおりで、だから近年は大型催事が減り、結果売上げも落ちはじめているのだ、と謙也は続けた。

「まあとりあえず、各社の社員を増やして、見張るしかないらしいけど」

接客担当となる女性マネキンは基本が派遣やフリーが多く、一応の身元の保証はされているとはいえ、全員を完璧に信用するのはむずかしいのも現実だ。そういう人間を監視する意味あいもあるのだと知って、謙也はたまらなくいやだった。

『なんか、ものものしいね。ここまですごい話は、俺もさすがに聞いたことないよ』

電話越しの颯生の声は曇《くも》っている。謙也もうなずくと同時にため息が出た。

「ともかく、そんなわけで、しばらく会えないみたい」

『ま、それはしかたないんじゃない？』

お仕事だから、と笑われて、謙也はわざと拗ねてみせた。

「えーなに、颯生寂《さび》しくないの。しばらく会えないんだよ」

『あまえんな。寂しいとか言ってる場合じゃないだろ』

けらけらと笑われて、本気ではなかったはずなのに、本当にちょっとだけせつなくなった。

「おれは、寂しいよ。セレブマダムとか、お嬢さまの接客するより颯生の顔見たいよ」

『なに、ばかな……』

笑おうとして失敗したように、ふっと颯生の声が途切れる。謙也はその反応に、あれ、と小首をかしげた。

「どしたの、颯生」

『ん、……なんでもない。あのさ、謙ちゃん』

なあに、とやわらかい声で答えると、颯生は言いづらそうに口ごもった。

『お嬢さまに迫られても、浮気、すんなよ？』

「あはは、なにそれ」

謙也が笑うと、颯生は一瞬の重たさを振り払うように、からかう声で告げた。

『だって、うっかり惚《ほ》れられちゃうと、お嬢さまは厄介だよ。世間知らないし』

「ないって、そんなん。だいたい惚れられても、どうにもなんないよ。颯生いるし」

『……そっか。ま、そうだよな？　謙ちゃん、俺の彼氏だし？』

「そうそう」

冗談めかした言葉のあとは、いつもの颯生らしく『しっかり頑張って』と励ましてくれた。なるべく早く、問題が起きなくなって、いつもどおりの日常が戻ればいいと願いながら、謙也も「頑張るね」と答えて、その日の電話は終わった。

（なんか、颯生、ちょっと変だったなあ）

ときどき、相づちが上の空になっていた気がする。もしかして迷惑だったのかな、と謙也はすこし反省した。

（自分のことばっかしゃべっちゃったし）

颯生も颯生で忙しいはずなのに、彼は相変わらずやさしい。慣れない仕事で忙しい謙也に気を遣い、どこまでもあまやかしてくれる。疲れているのにまかせ、それにつけこんでしまうのはあまりよくないだろう。

「フォローのメールでも、入れようかな。……ん？」

携帯をふたたび手にしたとたん、メールの着信があった。フラップを開くまでもなく、着信音でたったいま電話を切ったばかりの颯生からのものだとわかった。

【言い忘れた。今度会うまでに、料理もうちょっと練習しとく】

一段落ついたら、ゆっくりデートしよう、と書かれたそれに、顔がだらしなくにやけた。そんな自分が恥ずかしく、髪を拭《ふ》いていたタオルで赤くなった顔を半分覆う。

（くそ、超照れた。つうか、颯生かわいい）

へこんでいたのに、うっかり有頂天だ。こうなったらと、謙也は返信に絵文字のハートマークを十個、そのあとにキス顔の絵文字を並べ、「うりゃ」と送信する。すぐにまた返信があり【ばか】とひとこと書かれたそれに、さきほどよりなお身悶《みもだ》えて、しばらく携帯を握ったままテーブルに突っ伏した。

そんな具合で色惚けていた謙也は、颯生がほんのすこし声のトーンを落として告げた言葉の意味など、すっかり意識から抜け落ちてしまったのだが——。

数日後、そのことを心から後悔する羽目になった。

＊　＊　＊

謙也が警備要員として引っぱり出されるようになって、早三週間。その間に、四度の催事が行われたが、そのいずれの催事でも、盗難は起きていない。

「じつは、いわゆる『プロ』が紛れこんでたんじゃないか、って説も出てきはじめたんだ」

ブースのうしろで備品整理のふりをしながら、ぼそぼそと野川は言った。

「プロって、でも招待制の催事にどうやって？」

「んなもん、マネキンとか俺らみたいな『制服』に化けりゃ、まぎれこめちまうよ。スーツの男なんざうろうろしてるし、他社営業の、それも手伝いなんて、顔覚えちゃいないだろ」

おまえだってそうだ、と軽く小突かれ、たしかに、と謙也はうなずいた。しょっちゅう顔をあわせる相手ならともかく、謙也のようにふだん自社の内勤に就いている人間の顔など、他社の社員にはまるでわからない。

　ましてや自社主催のオンリー催事ならともかく、各社がブースを取る形での複合型大型催事になれば、ありとあらゆる会社の人間が行き交っている。しかもホテルなどの大きな箱で行われるとなれば、たしかにもぐりこむのはたやすい。

「でも、そのレベルになったら完全に、おれたちじゃどうにもなんないですよ」

「だな。警察とか警備会社と相談して、警備レベルどうにかしなきゃならん。……ただ」

「ただ、なんです？」

　言葉を切って、野川はほんの一瞬、沈鬱《ちんうつ》な面持ちを見せた。

「そんな程度のこと、上の連中がわからないわけはないんだよ。けどもう、おまえが警備要員になって四回目の催事だしさ」

「……要は、内部だっていう証拠みたいなのが、あるわけですか？」

　たぶん、とうなずく野川に、謙也も苦い顔をうつむけた。

「いつまでこの状態なんですかねえ。おれ、めっちゃ仕事たまってるんですけど。ていうか、おれ、営業企画部であって、営業本部の人間でもなきゃ販売員でもないんですけどっ」

　イレギュラーな仕事のおかげで企画書は書きかけで止まっている。伝票処理などの雑務はアシスタントやバイトの子に振ってはいるが、とりまとめの作業は謙也の役割だ。急ぎの仕事だけは残業や持ち帰りで処理しているが、未処理案件が机のうえに積みあがっている状態なのだ。

「まあ、あと二、三回平和が続けば、解放されると思うよ。このぶんなら、警戒を緩めてもいいんじゃねえかって、課長は考えているらしいし」

「信じていいんですかあ、それ」

「……んー、たぶん」

あてにならないことを口にする野川の脇《わき》を肘《ひじ》で小突いて、謙也は睨みつけた。

「いてて。あそこまでの大型催事は、そうめったにないから。もうちょっと踏ん張れ」

「おれ、絶対有給取りますよ。ためて連休にしてやりますよ」

土日祝日に多い催事のおかげで、ここ三週間で謙也が休みを取れたのは、たった一日だ。会社に出勤すればたまった仕事、家に帰るのは深夜をまわり、なにもできずにただ寝るだけ。さすがにグロッキーで、せめてどっちかに専念させてくれと泣きたい気分になっている。

（これで颯生のフォローなかったら、家のなかすごいことになってそうだ）

じつのところ、これだけ家に帰れなければ洗濯や掃除などもえらいことになってしまうはずだが、なんとあの颯生が家事に関しての手伝いを請け負ってくれている。

渡してある合鍵《あいかぎ》で、謙也のいない土日の間に部屋に入り、たまった洗濯をし、掃除機をかけ、スーツ類をクリーニングに出して、あるいは引き取ってきてくれているのはすべて颯生なのだ。

申し訳ないけれど、正直助かっている。謙也がグロッキーになって帰宅したとき、ほんのかすかながら颯生がいた痕跡《こんせき》があるだけで、なんだかほっとするのだ。

『おかえり。冷蔵庫に野菜炒《いた》めと、鍋にみそ汁作ってあります。ごはんはおにぎりにして冷凍庫に入れておきました』

書きおきを眺めつつ、そこまでしてくれなくてもいいのに、と思う反面、ものすごく、嬉しかった。なにしろ戻りが連日深夜をまわり、場合によっては終電すらなくてタクシー直帰。おかげでコンビニに寄ることもできず、颯生が補充してくれなければ冷蔵庫も空っぽのままだ。

彼も仕事があるのにと恐縮したが、気にするなと電話口の颯生は笑って言った。

——まえに、俺が忙しかったとき、いろいろ助けてくれただろ。そのお返し。

やわらかい声に、いますぐぎゅうっとしたいなあと思ったけれど、恋人は電波の向こうにいる。そして謙也が三週間休みが取れないということは、当然それだけの期間、颯生と会ってもいない。

いままでにも、彼女はいた。仕事が忙しくて会えないなんていうのはざらな話で、でも颯生に対してはどうも、我慢がきかない自分がいる。

(いっそ同棲《どうせい》しようって言ってみようかなあ？)

たぶん朝晩顔を見て、おはようとおやすみを言えればそれだけで、けっこう満ち足りると思う。むろん、恋人らしいアレコレもしたいけれど、それを抜きにしても颯生は謙也にとって、とても大事な存在だ。

ことの起こりからすれ違って、けんかして、いろいろわかりあえずに面倒なことにもなったけれど、根っこのところでしっくりくるのは彼しかいない気がする。

皮肉なことに、その事実をひしひしと痛感したのは、催事に連続でかりだされるようになってからだ。そして、その理由のひとつがいま、謙也に向かってまっすぐ、歩いてくる。

「来たぜ、おい」

「……来ましたね」

野川に脇をつつかれ、げっそりしながらうなずいた謙也は、どうにか笑顔をつくろった。

「こんにちは、羽室さん！」

「どうも小池さま、いらっしゃいませ」

花もほころぶ笑顔で近寄ってきた笑美理は、ブース内にいる謙也のほうへと身を乗り出し、「ねえねえ」と話しかけてきた。

「さっき、すてきなバッグ見かけたの。羽室さん、いっしょに見て、笑美理に似合うの選んでくださらない？」

「いや……わたくしは、こちらのコーナー担当で……」

断ろうとしたとたん、背後から野川が「羽室、課長が睨んでる」と苦い声を発した。

「……ご一緒させていただきます」

「ありがとう！」

うきうきと笑美理は謙也の腕に腕を絡め、「こっちよ」と足早に引っぱっていく。ドナドナされる子牛の気分で野川を振り返ると、あきらめろと言わんばかりの薄笑いでかぶりを振っていた。

悩みの理由は相次ぐ盗難だけではなく、謙也の行くさきざきに現れる小池笑美理の問題もあった。

どうやって調べあげるのか、謙也が催事におもむくたびに顔を出し、エスコートしてほしいとせがまれる。やんわり断ろうとするとべそをかかれ、いちどなどは本当にしくしくと泣き出されてしまったのだ。

先日の突発的な売上げの件もあって、「相手をしろ」と上司に厳命されている謙也は、しかたなく応じるしかない。

「ねえねえ、羽室さん。これどうかしら？　こっちは？」

「どちらもお似合いでいらっしゃいますよ……」

クロコダイルとオーストリッチのバッグをそれぞれ両手に持ち「どうかなあ」とくるくるまわってみせる笑美理に、謙也は顔をひきつらせながら笑みを保った。

（おれ、警備要員で来てんじゃねえのかよ……？）

こうしょっちゅう、あちこちのブースを連れまわされては、すっかり本末転倒ではないかと思う。だが上司とＶＩＰの命令に逆らえるわけもなく、謙也は内心覚えた理不尽をかみ殺し、笑美理につきあった。

（にしても、どうしろっちゅうの、これっ）

初対面では楚々としておとなしそうに見えたのに、とんだ押しの強さなのだ。しかも相手は超ＶＩＰのお孫さま、ご機嫌を損ねてはあとあとに響くとあって、完全に人身御供の状態だ。

「羽室さん、ちゃんと見てるの？　笑美理にはどっちが似合うか訊《き》いてるのよ？　デートするとき、羽室さんが好きなほうがいいのに」

あげく、なにを勘違いしているのか、こんな発言まで飛び出す始末。謙也は「それは小池さまの彼にお訊きになっては……」と躱すのだが、めげる様子もない。

「やだ、だから羽室さんに訊いてるのに」

ぽっと頬を染めた笑美理に、謙也はひっそり拳《こぶし》を握りしめる。

どうしよう、ちょっと泣きたい。どこまで本気かわからないし、本気だったら走って逃げたい。

（いや、しないからデート。つうかおれ、あんたとつきあってねえから。つうかおれ、彼氏いるから。……助けて颯生！）

そんな心の叫びが聞こえたのかどうか知らないが、天の助けは関西弁の、ふくよかな女性の姿となって、ふたりのまえに現れた。

「おや、小池さま。こちらにいらっしゃいましたの？」

「あら……大島さん」

「奥村さまが、あちらでお探しでございますよ。わたくしがご一緒いたしますので、ささ、どうぞ。おすすめの商品がございましてね――」

「え、あ、ええ？」

笑美理の無邪気かつ空気を読まない態度をものともしない、どころかそれを上回る強引さで助けをくれたのは大島だった。謙也がほっと肩を落とすと、笑美理に見えないようにさっと振り向いた彼女は訳知り顔でうなずいた。

（あんたも大変やねえ）

（おそれいります……ありがとう、大島さん。超ありがとう！）

目顔で会話して謝意を表し、どうにか自社ブースへと戻った謙也は、野川の同情たっぷりの顔で出迎えられた。

「なんか、日に日にすごくなってねえか？　お嬢さま。課長はなに言うか知らんけど、いっぺん、きっぱり引導渡したほうがいいんでねえの？」

期待持たせるとこじれるぜ、と忠告してくれる先輩社員に、謙也は苦虫を嚙みつぶしたような顔で白状した。

「じつはもう、お断りしてるんです」

「え、いつ？」

「三日前。野川さん、大阪に出てたから知らなかったと思いますけど、会社のまえで待ち伏せされました」

ぎょっとしたように野川が謙也を仰ぎ見る。マジか、とかすれた声で問われ、謙也は深くうなずいた。


ことが起きたのは、野川にも言ったとおり三日前。ためこんだ仕事を片づけ、しばらくぶりにどうにか九時前に退社できた謙也が、疲れた足取りで社屋のエントランスを通り抜けようとしたときのことだ。

「羽室さん」

突然声をかけられ、きょろきょろとあたりを見まわした謙也は、「うふふ」という鈴を転がすような笑い声に、一瞬鳥肌が立つのを感じた。そして、まさかと思いつつも視線をめぐらせると、ここしばらくですっかり定位置となった、深く顎を引く角度にある人物の顔が目に入ってくる。

「小池さま……いったい、どうして」

「羽室さんにお会いしたくて、笑美理、待っていたの」

にっこり笑う彼女は、いったい何時間、なにもないエントランスで待っていたのだろう。

背筋に寒いモノを覚えた謙也の笑みは、完全にひきつっていた。

「ご、ご用件があったなら、ご連絡くだされば――」

「あら、突然訪ねてきたんだもの。お仕事の邪魔をするわけにいかないでしょう？　だから、守衛さんにも、お気になさらずって申しあげたの」

助けて誰か。このＫＹお嬢さまどうにかして。ぐらぐらしながら謙也は倒れるのを我慢した。

むろん警備の人間は彼女の身元を確認もしただろうけれど、ＶＩＰ客と知って追い返すわけにもいかなかったのだろう。おまけにエントランスは一応、フリースペースだ。無理に入りこむでもなく、おとなしく『待つ』と言い張られれば、それ以上なにもできなかったに違いない。

「とにかく、もう遅い時間だから、お帰りください」

「でも、せっかく待っていたのよ？　そうだわ、お食事はまだ？　いいお店知ってるの。いっしょに行きましょう？」

冗談じゃない、と謙也は頭を抱えた。そんな『既成事実』など作ってしまえば、脳内彼氏認定がさらに深まってしまう。

（もうだめだ、こりゃ）

あとで上司に嫌味のひとつも言われるかもしれないが、これ以上好きにさせるわけにはいかない。謙也は真顔になって、深く息をついた。

「あのですね、小池さま。わたしは、あなたと仕事上のお知りあいでしかありません」

「いまはまだ、そうね」

にこ、と笑う笑美理は、第一印象と違って相当したたからしい。いや、これも天然なのだろうか。どちらでもいいが、もう勘弁してくれと謙也は眉をひそめた。

「いまも、今後も、とにかくお仕事以外の場で関わるつもりは、いっさいありません」

「どうして。あ、そうだわ、おばあさまに叱られると思ってるの？　平気よ、おばあさまなら話せばわかってくださるし」

なぜそこでおばあさまの話になるか。ぐっと奥歯を嚙みしめた謙也は、そのものずばりの言葉を言った。

「ええとですね、ぶっちゃけますが、わたしはいま、つきあっている相手がいます」

さすがにここまで言えばわかるかと思ったのに、笑美理はさらに斜め上の思考回路を持っていたようだ。

「その方と、羽室さんは、結婚をお考えなの？」

「え……いや、それは、ありませんが」

したくてもできない相手だとはさすがに言えず口ごもった謙也に、笑美理はきらきらと邪気のない笑みを向けてきた。

「じゃあ、いいじゃありませんか。男の方は、若いころには遊ぶものだと聞いてます」

待ってどうしてそっちにいくの。謙也は愕然《がくぜん》と目を瞠った。

「笑美理、すこしのおいたは、目をつぶるつもりです。いずれ、小池のうちに入り婿になってくだされば、それでかまわないし」

「だからどうして入り婿にまですっとんでいっちゃうんですか!?」

謙也はもはや表情すらつくろえずに叫んだが、笑美理はころころと笑うばかりだ。

「あ、もちろん結婚は、笑美理が大学を出てからのことよ? 羽室さんとも、まだお会いして日が浅いし――」

「だから、あなたとは結婚しないし、そもそもつきあう気はないです!」

その後のことはよく覚えていない。ただとにかく、自分のなかで作りあげた夢物語、その後の『人生設計』までを滔々《とうとう》とひたすら語る笑美理を振りきり、タクシーに押しこんで家に帰らせた謙也が自宅に帰り着いたころには、時刻は深夜十一時をまわっていた。

啞然としながらその顚末《てんまつ》を聞いていた野川は、しばしの沈黙ののちにつぶやいた。

「……あの女、電波か？」

「いや、それが、微妙に違うっつうか。本気で箱入りの天然らしいです」

資産家の家に育ち、幼稚園からエスカレーター式の女子校で、まったく外の空気に触れないままに育ったお嬢さま。世のなかに自分のままならないものがあるとはまったく知らず、それをすこしも疑問に思わず育つと、ああいうモンスターができあがるのかもしれない。

むろん、箱入りでも賢く世間を見る目を持つお嬢さまもいるとは思うのだが、笑美理に関しては、残念ながらそういう常識は備わらなかったようだ。

「しかしおまえ、平気なのか？　ふっちゃって」

「ああ。奥村さまからは翌日、お詫びの電話いただいてるんですよ。帰宅が遅くなったんで、話はぜんぶ聞いたみたいです」

幸いなことに、彼女の祖母は癇癪《かんしゃく》持ちで頑固ではあるが、そういう意味では非常に良識的なひとだった。自分が連れ歩いているのも、親がこぞってあまやかし、世間知らずにもほどがある孫を教育しようと思っての話だったらしい。

――いずれこういう世界を知ったとき、恥ずかしくない振る舞いを教えるために連れてきたのですけれどね。まさか、気のない男性を追いかけまわすなんて思いませんでした。

「迷惑をかけて申し訳ないって、こっちが恐縮するくらい、謝ってくださいました。でもたしなめても聞かないみたいで、今日も本当は来る予定じゃなかったはずなんですけどね」

「勝手にくっついて来ちまった、ってか。まあ、ふつうにしてりゃ、かわいいお嬢さんだしなあ」

じっさい笑美理は、思いこみの激しさを除けば悪い子ではない。強引ではあるけれど悪気はないし、もし彼女に気のある男なら、ああいう行動もかわいいと思えるのかもしれない。

「どっちにしろ、あきらめてもらうしかないですけどね」

「ん？　逆タマは狙う気ねえわけ？」

「おれ、べた惚れの恋人いますから。あのひと以外、いりませんから」

会社の先輩相手にプライベートの恋愛話をずばりと口にするあたり、謙也もかなり疲れていたのだろう。野川は一瞬あっけに取られた顔をして、そのあとにやっと笑った。

「まじかよ、知らなかった。誰よ誰よ、俺の知ってる子？」

「……それはノーコメントです」

「ちっ。じゃあ、かわいい？　どんな子よ。そんくらい教えろよ」

ゴシップ好きの野川相手に口が滑ったと冷や汗をかき、謙也はノーコメントを貫きとおした。颯生と野川は以前の仕事で面識がある。うっかりヒントなど漏らしてはまずい。

「ほら野川さん、お客さま、お客さま」

「てめ……今度、飲み行くぞ。聞き出すからな」

小声で脅しつけ、野川は担当の客に向かって営業スマイルを顔に貼りつけた。解放された謙也はこっそりと、ブースの奥でため息を漏らす。

（いっそのこと、早く犯人捕まってくんないかな、もう）

現行犯逮捕しかない窃盗について、それを願うということは、事件が起きるのを待っているも同然だ。それでも、膠着《こうちゃく》状態にも多忙さにもうんざりしてしまい、手っ取り早く片がつくことを願ってやまない。

しかし謙也の願いむなしく、その日の催事もまた、なにごともなく終了してしまった。

（いや、なにもなければないほうが、いいんだけどさ）

いたずらに女子大生に追いかけまわされるだけの一日が終わり、げっそりとしながら帰途についた謙也は、広い肩を落とす。さすがに帰りは奥村が引っぱっていったので、自由の身になれたけれど、いつまでこんなことが続くのだろうか。

とにかく、なんでもいいから早く終わってほしいと、誰にともなく祈るしかなかった。

＊　＊　＊

五回目の催事は、それからさらに十日後に行われた。

朝いちのミーティングで、部長からの通達が行われ、この日の催事をもって、警戒態勢を解く、とのことが発表された。

「今回が終われば、当面、都内での催事はない。おそらく問題もないだろうから、次回からは通常の顔ぶれで催事に立ち会うことになる」

　それを聞いた謙也は、心底ほっとした。顔に出たのだろう、部長は苦笑いして「おまえも通常業務に戻れるからな」と謙也の肩を叩いた。

「ただ、本日は例の水野さまがご来場なさる。警戒は怠らないように」

　はい、とその場の全員が答えて、あとは開場を待つばかりとなった。

　今回は華《か》煌会《こうかい》。先だっての新春宝飾展と同じく、ホテルのバンケットルームを借りての大型催事だ。つまり、ここ数回行われたレストランやギャラリーを借り切ってのものとは違い、関係者以外の出入りも不可能ではない状況にある。

　各種ブランドが、これでもかと大物の目玉商品を持ちこみ、すこしでも見栄えよくとディスプレイする。開始してしまえばひたすら華やかな場となるこの会場も、セッティング途中のいまは戦場のように慌ただしい。

「なにもなきゃいいけどな」

　最終セッティングをするマネキンたちを眺めつつ、ブース裏で梱包材を片づける野川がぽつりとつぶやく。うなずいた謙也は、別件でも不安を覚えていた。

「あの、今日の催事、沢田商会さん関係ないっすよね？　関連ないですもんね？」

「これが来ちゃうんだよな。奥村さま、沢田商会だけじゃなくって、帝鉄百貨店でもＶＩＰ

だって知ってた？」

帝鉄百貨店はこの日の催事に絡んだ取引先のひとつだ。当然、そちらの顧客も招待される。そして奥村が訪れるとなれば、笑美理も来るだろう。

「来るんだ……今日も……」

謙也が呻《うめ》くと、野川が「ご愁傷さまだな」と苦笑した。もういっそ逃げたいと謙也はうなだれ、ドナドナ気分で開場までをすごした。


だが謙也の予想に反し、展示会が開始し、数時間が経過しても笑美理の姿を見かけることはなかった。奥村はすでに場内で何度も見かけ、いくつか大物の買いものをすませたらしいと報告してくれたのは野川だ。

「考えてみりゃ、今日って平日だろ。一応は学生だし、大学行ってんじゃねえか？」

「そっか、そうですよね！」

二日間の開催だった新春宝飾展とは違い、華煌会はこの日いちにちだけの催事だ。つまりは今日をやりすごせば、笑美理から逃げきれることになる。

またぞろ会社に訪ねてこられたら厄介だが、さすがに毎日追いかけまわすほど笑美理も暇ではないらしいから、やりすごせばなんとかなるだろう。

「おまえ、いきなり顔、明るくなってんぞ」

現金なやつだと笑った野川の言葉どおり、謙也はその日の午後遅くまで、ご機嫌ですごしたのだが――しかし、催事の開催は午前十一時から午後の九時までと長時間にわたるのだ。

「夕方くらいに、ひょっこり現れたりするんやないの？」

午後三時をまわって、ようやく取れた休憩時間。すこし意地悪く笑って告げたのは、大島だった。

ふだんは什器《じゅうき》やパーティションを収納しているスペースに会議机と簡易ラックを設置し、スタッフの荷物や備品が所狭しと積みあがったなかで、侘《わ》びしい食事を取る。

同じフロアの催事会場とのあまりの違いに、舞台裏はこんなもんだなと謙也は思っていたが、大島の発言に、ただでさえたいしておいしくもない仕出し弁当が、さらに味気なくなった気がした。

「やめてくださいよ、せっかく解放感味わってるのに」

「羽室くん、苦労しとるもんねえ。ここしばらく、小池のお嬢さまについては、うちらの間でもかなり噂になっとるわ」

「噂って、みんな知ってるんですか？」

タイミングの問題で、遅くに休憩を取ったため、二部屋あるスタッフ用の控え室にいるのは謙也と大島の姿だけだ。

「そらもう。あのお嬢さま、そんなに困ったおひとやなかったんやけどねえ。恋はひとを狂わせるっちゅうてね。この手の話はみんな、大好きやからねえ」

プラスチックの容器に入ったぬるいカレーをかきこみつつ、けらけらと笑う大島の言葉に謙也はげんなりする。追いかけまわされている事実だけでもきついのに、そのうえひとの笑いものになっているとは、最悪だ。

「来ないほうに賭《か》けたい……」

肩を落として、もう食べる気もしなくなった弁当のふたを閉じ、いつ淹《い》れたのかわからない、ぬるい茶をポットから紙コップに注ぐ。渋いだけでちっとも味わいのないそれで口のなかをすすいでいると、スタッフルームのドアが開いた。

「羽室ー、ご指名ー。お嬢さま襲来」

投げやりな野川の声に、ぞわ、と首筋が粟立《あわだ》った。ぶんぶんとかぶりを振って「いやだ」の意思を伝えるけれども、野川は「あきらめろ」と同情たっぷりに言った。

「課長がばらした。羽室はいま休憩中にございますってな」

「……殺したい。殺していいですか」

「俺にいっさい迷惑かけねえなら、いつでも殺《や》っていいぞ」

まったく力にならないことを言う野川に恨みがましい目を向け、謙也は立ちあがる。カレーの容器をごみ箱に放りこみながら、大島はくすくすと笑っていた。

「羽室さん、もう。どこにいたの？　笑美理、せっかく急いできたのに」

まるで恋人をなじるような声を出す笑美理は、大学が終わったあと着替えてこちらに来たのだと、聞いてもいないのに教えてくれた。

「今日は羽室さんに、どうしてもこの服を見せたかったの。おかあさまとフランスで買ってきたの。似合う？」

「……たいへん、よくお似合いですよ」

それ以外なに言えっつうの。そんな気分で適当に誉《ほ》めたのに「嬉しいっ」と小さく叫んで笑美理は腕にしがみついてくる。さして大きくもない胸がぎゅうぎゅう押しつけられるので、謙也はやんわりとそれをはずした。

「あの、奥村さまはご一緒では？」

ひきつり笑いを浮かべた謙也が問いかけると、笑美理はぷっと唇を尖らせた。

「おばあさまには言ってないもの。ひとりできたの」

「え……？」

どういうことだと謙也が首をかしげると、きれいに手入れした爪《つめ》をいじりながら、笑美理はもじもじと言った。

「おばあさま、笑美理は最近無駄遣いが目に余るから、しばらくこういうところには連れてこないっておっしゃったの。意味がわからないでしょう？　笑美理、お小遣いでちゃんと買っているし、欲しいものしか買ってないのに。無駄遣いじゃないわ」

基準が狂っているらしいお嬢さまは、そう言って拗ねた。謙也は賢明な祖母がこの孫にどれだけ手を焼いているか想像し、内心で頭を抱える。

（お小遣いって……なんかもう、世界が違いすぎる）

先日のクロコダイルとオーストリッチのバッグは、けっきょく迷うだけ迷って両方買っていた。ひとつは六十万、もうひとつはたしか九十万の代物だ。それ以前にも、謙也を引っぱりまわすだけ引っぱりまわし、行くさきざきで購入していた気がする。

「……ふつう、二十歳の女の子は、そんなにぽんぽん高額な買いものをしないからでしょう」

「そうなの？　おともだちもみんな、これくらいのお買いものしているのだけど」

ビバ、お嬢さま！　諸手《もろて》をあげて叫びそうになった謙也は、眉間のしわを隠しきれなかった。それを見つけた笑美理は、ふと小首をかしげる。

「あ、でも……そういえば高校のとき、『ふつうのおうち』では、あんまりこういうところでお買いものしないんだって、言われたことがある」

「そうですね、贅沢《ぜいたく》ですから」

口を出すまいとは思ったが、こらえきれずに言葉がこぼれてしまった。いっそこれで不興を買うならそのほうがいい、とやけくそ混じりに思ったのも事実だ。しかし笑美理は怒るどころか、きょとんと目をまるくする。そして、なぜだかはにかんだように微笑んだ。

「もしかして、叱ってくださっているの？」

「いえ、そういうわけでは。わたしはそんな立場には――」

「叱ってくださるのは、笑美理のことを本当に思っているひとだって、おばあさまが言ってたの。……嬉しい」

だから待てというのに。謙也がひっそりこめかみに青筋を立てる間にも、笑美理はなんだかうっとりと自分の世界に浸っている。

「そのですね、小池さま。何度も申しあげておりますが、わたしはそちらの担当ですらありませんし、そもそも――」

「あっ、羽室さん、見て見て！　かわいいリング」

贅沢を咎《とが》められたと思った端から、これだ。もうどうすればいいのかわからず、謙也は笑美理に引きずられていった。

（言葉通じないよ……本当に、どうすりゃいいんだ、これ）

きゃっきゃとはしゃぐ笑美理の姿は、ある意味微笑ましいのだろう。『かわいいリング』の展示されているブース内のマネキンは「よくお似合いですよ」とひとまず誉めて、商品の説明にかかった。

「こちらは意匠に葡萄唐草《ぶどうからくさ》の模様が入っておりまして、葡萄はたくさん実がなるものですから、子孫繁栄の意味を、唐草はどこまでも伸びるということで、これも繁栄の象徴です」

この手のセールストークは聞き慣れている謙也も、販売の邪魔をしてはいけないと、笑美理を腕にへばりつかせたまま笑みを浮かべ、うなずいてみせるしかない。

だが、マネキンの女性がにっこり微笑んでつけくわえた言葉には、余計なことをと呻きたくなった。

「末永い幸福を願う意味で、エンゲージリングなどにもこのモチーフが使われることがございます」

笑美理は「エンゲージ……」とつぶやき、しばし固まった。そうして、謙也を見あげてきらきらと目を輝かせる。

「ほしいな……？」

小さなおねだりの声に、背筋がぞっとした。なにも知らないマネキンは、完全にこちらをカップルを見なしているのか、微笑ましげにふたりを見つめている。

(だめだ)

うっとりと微笑み、ふたたび腕を絡めてくる笑美理に、謙也は、もうだめだ、と思った。

とにかく、なにがどうでも、これはもうだめだ。ぜったいに、だめだ。

「――小池さま。ちょっとよろしいでしょうか」

「えっ？」

腕にかかった手をそのままに、謙也はすこし強引に笑美理の身体を引っぱった。不躾《ぶしつけ》な行動などには慣れていないだろうに、彼女はむしろ嬉しそうについてくる。

育ちのいい、ちょっと天然なお嬢さま。こうまで慕われて、贅沢など言う人間もいるかもしれない。だが謙也にはもはや、一秒も我慢がならない存在だった。

笑美理を連れたまま会場を抜け、フロアを横切る。さきほど、冷たい弁当を腹に詰めこんだスタッフルームの端からなかを覗くと、幸いなことにふたつあるほうの片方の部屋は、無人だった。

「どうしたの？　こんな、ひとのいないところに連れてくるなんて」

ドアを閉めたとたん、なにを期待しているのか、笑美理はすこし怯えたような、それでいて期待しているような顔で微笑んだ。

「お話があります」

「うん、なあに？」

あまったるい声もなにもかも、謙也にはわずらわしかった。

悪い子ではないのだと思う。純真で思いこみが激しいだけで、根っこはただの世間知らずだ。だがこのまま笑美理に振りまわされていては、自分の意志とは関係なく、勝手に既成事実ができあがっていってしまう。

「さきほどのリングを、わたしがあなたにさしあげることは、ぜったいに、なにがあろうと、あり得ません」

基本的にフェミニスト——これは思想的な意味あいではなく、女性にやさしくする、という慣用的な意味のほうだ——の謙也は、ふだん、強い物言いを女性にすることはない。おかげでいらぬ罪悪感に駆られながら、それでも言わねばならないと腹を決めた。

「この間も申しあげましたが、いまわたしには、おつきあいしてるひとがいるんです。申し訳ないけれど、あなたの気持ちには応えられませんし、こういうことも、困ります」

「困るの？」

「大変、困ります」

いったいどう言えばわかってくれるのか。本当なら「もう勘弁してくれよ！」と叫んでしまいたい。だがここは催事場、ひと目もあるうえに、立場上、これ以上は強く言いきれないもどかしさに歯がみする謙也に向けて、なぜか笑美理はにっこりと微笑んだ。

「平気です。わたし、待ちます」

「え？」

一瞬、なにを言われたのかわからなかった。ぽかんとする謙也のまえで、笑美理はにこにこと笑ったままでいる。

——いずれ、小池のうちに入り婿になってくだされば、それでかまわないし。

会社のエントランスで、そう言ったときとまったく同じ笑顔に、謙也は胃の奥がねじれるような感覚を覚えた。その感情の正体はわかっている。未知の存在、理解を超えた思考回路にたいしての、恐怖だ。

だが続いた笑美理の言葉に、会社での立場も、ここが催事会場であるという事実も、そして遠慮もすべて、吹っ飛んだ。

「あなたと彼女が別れるまで待ちます。そうしたらチャンスがあるかもしれないでしょう」

「……別れる？」

「だって、結婚するおつもりのない相手なんでしょう？　そんなの、本物じゃありません」

反射的に手のひらが疼《うず》いて、そんな自分に愕然とした。拳を握ることでこらえたのは、目のまえの天然ボケお嬢さまをひっぱたきたいという、反射的な感情だ。

（本物じゃ、ない？）

かっと頭が煮えた。いったいなにを言っているのかと思った。颯生に対しての謙也の感情は、これ以上なく本物で、どんな思いをしたって護りたい、大事なものだ。

理性では、世間知らずの彼女が、恋愛と結婚のきれいごとだけを信じこみ、都合よく解釈しているだけだとわかっていた。けれどまるで、颯生とのことを軽んじるかのような物言いを、どうにも謙也は許せそうになかった。

「待たないでください」

「……え？」

その声が、自分の口から出たとは思えなかった。笑美理もきょとんとしている。それくらい、冷えきって乾いた、冷酷な声だった。

「聞こえませんでしたか？　そんなもの待たないでください。というか、あなたよく、そこまで失礼なこと言えますね」

「え……ど、どうして。わたし、ちゃんと待ってあげるって言ってるだけなのに」

あげる、という言葉に、ついに謙也はキレた。

もう我慢も限界だった。というより、とっくにメーターは振りきれていたのかもしれない。

「待たれても、わたしは……おれは、あのひとと別れる気はありません。それと、もう、ここまで来たらストレートに申しあげますが」

おれ、と口にしたのはプライベートの問題だと知らしめるためだ。こんなお嬢さまに振りまわされるくらいなら首になってもかまうものかと、謙也はうなるような低い声で言った。

「おれがあなたに親切だったりやさしくするのは、仕事上のことであって、好意はまったくありません。というか、あなた自身の行動は、迷惑ですし、困ります」

きっぱりと告げると、笑美理は呆然《ぼうぜん》と目を瞠った。

「め……迷惑？　笑美理のことが？」

「はい、迷惑です」

念押しをするように肯定すると、案の定彼女は、両手で顔を覆ってしくしくと泣きはじめた。だがいっさい同情的な感情はわき起こらず、むしろ迷惑度数があがっただけだ。

こんな場所で泣かれても困るし、誰かに見られたら謙也がどれだけまずい立場になるのか、わかっているのだろうか。

(ただでさえ、盗難問題で頭が痛いのに)

だだをこねて泣く子どもの恋愛ごっこ。そんなことまで抱えきれない。

仕事は増え、いっぱいいっぱいだというのに現場ではお嬢さまに振りまわされ、おかげで大事でいとしい恋人には一ヶ月近く、会えずじまい。そのなにもかもが笑美理のせいとは言わないが、このところの心労の多くは、彼女の存在が原因なのだ。

いっさい慰めの言葉もかけず、腕組みして放置していると、べそべそしながら笑美理は「ひどい」と言った。

「どうして、どうして冷たくするの？　わたしが好きだって言ってるのに」

受け入れて当然という態度に、謙也はもはや呆れを通り越して哀れになった。ため息をつきながら「簡単でしょう」と吐き捨てる。

「おれは、あなたが好きじゃないんですよ」

「どうしてよ！」

どうしてもこうしても、どうやったらこの天然わがままお嬢さまを好きになれるのか、誰か教えてくれと謙也はうつろに思った。

「じゃ、ひとつ例をあげます。さっき言いましたよね。おれと彼女が別れるまで待つとか。それって、おれに不幸になれって言ってるんですよ」

「え……」

意味がわからないというように、笑美理はぽかんとなった。謙也はたたみかけるように、ひと息に言ってのける。

「あのひとと別れたら、おれはぜったい、どん底まで落ちこみます。慰めようとか考えないでください。それこそ、あのひとが戻ってきてくれるまでおれはずっと待つだろうし、もしあなたがその原因になったら、女のひとだろうとＶＩＰだろうと、本気できらいます。で、おれは、いちど好きになったらめったにきらいになりませんが、逆もしかりです」

笑美理はすうっと青ざめ、唇を震わせた。

「す、好きじゃないって。わ、わたしのこと、きらい、なんですか」

「だから、好きじゃないしきらいでもありません。関心がないんです」

だめ押しすると、わっと笑美理は泣きだした。今度はさきほどとは違い、かなり激しい泣きかたで、心底傷ついたのだと知らされる。

（さすがに、かわいそうかな）

なにしろ、八つも年下の女の子なのだ。泣かせたのはさすがにばつが悪い。

だが、この鈍いお嬢さまには、ここまで言わねばわかるまい。ついでに言うと、傷ついてさっさと謙也をあきらめ、次の男にいってくれたほうがいい。

「ひどい……ひどい、ひどい！」

なじられても、謙也は黙っていた。これ以上言う言葉もないし、慰めたら泥沼だ。

だが、地団駄を踏んだ笑美理がそのまま、わんわんとわめきながらスタッフルームを飛び出していこうとしたのには、さすがにあわてた。

「ちょ……勘弁してくれよ！」

その行動は予想外だ。どこまではた迷惑なのだと、今度はこちらが青ざめる。

「お待ちください、小池さま！」

「いやよ、いや！」

あんな状態の彼女を誰かに見られたら、それこそ大スキャンダルだ。幸い、今回のスタッフルームは二部屋間続きになっていて、誰も居ない奥のほうを使った。次の部屋で捕まえれば、騒ぎは防げるだろうと、謙也は走ってあとを追った。

「きゃっ――！」

だが、笑美理が隣の部屋に飛びこんださき、彼女の悲鳴と同時にどたん！　という物音がした。血相を変えて飛びこんだ謙也は、そこでさらにとんでもない光景を見た。

「な……」

誰もいないはずの、休憩室。スタッフ用の素っ気ない長机に白い布をかけただけの室内で、笑美理が床に転がり、膝《ひざ》をさすっている。

そして長机のした、白い布をめくりあげた状態でうずくまっている人物は、なぜか隠れるようにして、財布から抜き取った数枚の一万円札を手にしていた。

「なにしてるんですか……こんなところで」

謙也はあえぐように言った。万札を抜き取ったばかりの財布は、ラインストーンのちりばめられたデコラティブな、サマンサタバサ。二十代女性に人気のあるブランドのそれは、どう見ても、彼女の持ち物とも思えない。なによりそのうしろめたそうな表情が、謙也の疑念を裏づけている。

「なにって……羽室さんこそ、なにしとるんよ」

ひきつった笑みを浮かべた彼女は、謙也に対してぎらぎらした目を向けた。いままで彼女と相対したとき、いつでも微笑ましそうに見てくれたあの親しみは、どこにもなかった。

「答えてください、なにしてるんですか。——大島さん」

蒼白《そうはく》な顔色をした大島は、しばし無意味に口を開閉し、そのあとがっくりとうなだれる。

彼女の身体が揺れたのと同時に、バッグがぐらりと倒れた。なにか手製の布袋のようなものが見え、謙也は震える手でそれを拾いあげる。

袋をひっくり返すと、なかからは、まだタグのついたダイヤのリングと、ブローチが転がり出てきた。

事態を理解できず、しくしくと泣き続ける笑美理の声が、ひどく耳障りだった。

＊　＊　＊

その日の夜遅く、怒濤《どとう》の催事が終了し、くたびれ果てた身体をひきずった謙也が向かったさきは、颯生の部屋だった。

颯生はインターフォンが鳴るなり、いつぞやのように玄関へと出迎えてくれた。

「おかえり、謙ちゃん」

なだめるような笑顔にほっとして、ただいまの声も出ない。無言で細い肩に寄りかかり、ぎゅうっと抱きしめても、いつものように照れもせず、彼はぽんぽんと背中を叩くだけだ。

「お疲れさま」

電話で、突然の訪問を予告はしてあったが、その際の声の暗さに気づいていたのだろう。いつにも増して颯生の声がやさしいので、謙也は思うさまあまえることにした。

だが、玄関で貼りついたままいっさい動こうとしない謙也に、颯生はさすがに苦笑する。

「疲れてるのはわかったから、謙ちゃんまずは靴脱いで」

「んー……」

べったりくっついたまま細い肩に顔をすりすりとしていると、笑いながらもたしなめた颯生に促される。

「んーじゃなくて、靴。コートも、ほら」

細いのにしなやかな感触を堪能し、どうにか腕を離した謙也は靴を脱いであがりこむ。ぐったりした謙也からコートを脱がせた颯生は、のろのろ歩く背中を押して部屋の奥へと押しこんだ。

「お茶淹れようか？」

「いらない」

「いらないって……どうせ、ごはんろくに食べられなかったんだろ？」

疲れを隠せないままグロッキーな声で答え、ぐったりとソファに座りこんだ謙也を、颯生が心配そうに覗きこんでくる。

「どうする？　なんか食べる？　俺、作ってこようか」

「颯生がいい」

「こらっ」

腕を伸ばして捕まえると、真っ赤になった颯生に頭を叩かれた。めげずに腕のなかに引きずりこみ、ソファに押し倒した謙也は、肩と首の隙間に顔を埋《うず》め、ほのあたたかい肌のにおいを吸いこんで深呼吸する。

「どうしちゃったの」

いかがわしいことを仕掛けるでもなく、細い身体を抱きしめてじっとしている謙也の頭を、颯生がやさしく撫でた。

肺の手前で止まっていたような呼吸が、ようやくゆっくりと奥までとおっていく。深く息を吐き出して、謙也は声を絞り出した。

「……また、盗難起きた」

「えっ」

「今回の犯人、水野さまじゃなかった。……大島さんだった」

息を呑《の》んだ颯生の身体にぎゅっとしがみつき、謙也はふたたび大きく息を吐いた。すがるように抱きついてくる謙也の背中を軽く叩き、颯生は冷静な声で問いかけてきた。

「大島さんが犯人って、なんでわかったの」

「おれが見つけた。現行犯。スタッフルームの机のしたに入れてあった、誰かの鞄探って、お財布抜き出してるトコ……見た。あと、会場で盗んだ、リングとかも……」

颯生は「だから帰り、遅かったの？」としばしの沈黙のあとに、ささやくように言った。謙也がこくりとうなずくと、無言で髪を撫でてくれる。

正直、疲れきっていた。通常の催事の片づけにくわえ、盗難の件での説明を謙也は余儀なくされた。会社の上司と、環《たまき》デザイナーと、現場責任者のひとりである神津も交え、自分が目撃した事実を報告するのは、かなり苦痛だった。

幸いにというかなんというか、とんでもない現場に小池笑美理の姿もあったため、謙也の証言は疑いの余地なしとされた。

笑美理自身は、ことの物々しさよりも失恋がショックだったらしく、祖母の奥村に泣きすがっていたが、謙也はそれを見てもしらけた気分になっただけだった。

というより、感情すべてが麻痺《まひ》してしまっていた。

「なんでかな。大島さん、おれにはけっこう親切だったんだけどな……いいひとだと、思ってたんだけどな」

すこし図々《ずうずう》しくて、でもおかんキャラの彼女を、決して謙也はきらいではなかった。盗みを働くようには見えなかったし、まさかという気持ちも、現場を見てさえあった。

けれど大島は、発見した謙也をまるで、敵のように睨みつけたのだ。

——景気悪いて言うたら、最近、やたらモノなくなったりするねんて。知ってた？

あんなふうにわざと自分から話題にして、探りでも入れていたのだろうか。そう思うと、親切めかした言葉のすべてが嘘《うそ》のようで、とても、心が重たかった。

バックヤードで起きた騒ぎは、神津が対処した。大島が盗んだ財布は契約マネキンのものであり、後日社内での沙汰と、場合によっては警察へも話が行くだろう、とのことだった。

――どうやら、旦那さんが事業に失敗したらしくてな。金に困ってたらしい。

ぼそりと言ったのは課長だった。ふだん、適当にやりすごしているばかりの上司は、見たこともない疲労と苦さをたたえて、これ以上は話せないけれどと謙也に言った。

オカネモチの奥様がビョーキで盗む、それよりは納得のいく話だった。けれど、あんなにほがらかな大島の背後にある暗い事情は、謙也の気をいっそう重くしただけだった。

そして、重たい気持ちの理由はもうひとつある。

「颯生、もしかして、小池さまの話、知ってたの」

立ち会った神津といろいろ話をして、小池笑美理の件を颯生に話したことを聞かされ、なおいっそう情けなさが募った謙也の問いに、颯生はうなずいた。

「うん、まあ」

「知っててなんで、言ってくんなかったの」

なじるつもりはないのに、声に刺《とげ》が混じった。だが颯生はあっさりと「謙ちゃんだって、言わなかっただろ」と言う。皮肉ではなく、穏やかな声で告げられたのに、謙也は妙な苛立《いらだ》ちを抑えられなかった。

「颯生は俺のこと、心配じゃないの」

「うん」

「なんで」

「信じてるから。謙ちゃんは、ほんとに心が揺れたり、なんかあったら、ちゃんと俺のことふってくれるだろ。でもいっつもこうやって、帰ってきてくれるし」

だからくどくど言わずにいようと思ったと、颯生は言った。その声が妙に冷静すぎて、無性に苛立たしくなった謙也が顔をあげると、声とはまったく裏腹の、せつなそうな表情が目に入った。

そして、心臓が本当に一瞬、止まった。

「だって、俺、それしかできないし」

いまにも泣きそうな恋人の顔に、「さつき」とかすれた声が出た。

「会社命令でお嬢さんとつきあえ、なんてならなくてよかったと思う。神津さんのおかげだって感謝してる。でも、でもさ。このさき、同じようなこと、二度とないなんて思えないし」

「颯生」

「妬《や》いて、きーきー言って、けんかしたり、したくなかった。まえに揉《も》めたの、すっごいこたえたし、だったらさ、謙ちゃんが居心地いいようにしてるほうが、俺的には有利かなとか、そう思ってさ」

「さつき」

「だ、だからなんつうの？　勝ち点っていうか、アドバンテージあげとこ、みたいな――」

素直じゃない言葉で健気なことを言う唇をふさぐと、颯生は目をぱちくりさせた。

ふだん、猫のようにつりあがっている目がまるくなり、幼い表情に笑みがこぼれる。

「ああ、もう」

形のいい、小さな頭を両手で摑んで、額を押し当てた。

「もう、もう、もうっ」

ぐりぐりぐり、とそのまま押しつけてやると「痛い！」と颯生が悲鳴をあげる。だが離せずに、謙也はわめく颯生を腕のなかにしまいこんで、ぎゅうぎゅうと押しつぶした。

「颯生、好き」

「な、だから、そんな話じゃなくって。盗難が、あと、小池さまが」

「あいしてる」

ずばっと言うと、颯生は口をぱくぱくさせた。

「あ、あい、あい」

「うん、お嫁に来てほしいくらい、愛してる」

「およ……」

颯生が絶句して、また赤くなった。鼻先をこすりあわせて頰を両手に包み、にひゃ、と謙也は笑う。

どうせ意地っ張りなことを言うのだろう唇はすぐにふさいで、思いきり舌を使った。「ん、ん」とかわいい声をあげる颯生がたまらずに、声も息もぜんぶ吸い取る勢いで口づける。

（あー、好きだなあ。かわいいなあ。できるもんならほんとに結婚したい）

――結婚するおつもりのない相手なんでしょう？　そんなの、本物じゃありません。

笑美理の言葉がよみがえり、なにがだよ、と心のなかで反論した。法的な制度に乗っかれないだけの話で、心のなかではもうとっくに、そのくらいの気持ちはできあがっている。

それで羽室颯生になれるもんならなってほしい。三橋謙也でもべつにいい。疲れに一本ねじが飛んだ状態で謙也は考えながら、恋人のあまい舌を好きなだけ味わった。

ちゅっちゅっちゅっと派手な音を立て、三回かわいくキスしたあとやっと解放すると、真っ赤になった颯生が肩で息をしていた。乱れた髪を撫でながら、謙也は微笑む。

「有利っつうか、颯生は不戦勝のひとり勝ちなんだから、わかっててよそれくらい」

「だ、だって」

「おれ、人間不信なりかけで、へこんでたのに。舞いあがっちゃったよ、もう」

セレブ奥さまの水野は宝飾品の盗癖があるといわれ、親切なおばちゃんだった大島はこれまた窃盗犯。おとなしいと思っていた笑美理はプチストーカーになり果てるし、上司からはそれとなく機嫌を取れと言われて、俺は枕ホストかと心が折れそうになった。

人間なんてやだー、な気分になって、本当にうんざりしていたのに、いまは背中がふわふわしている。

（自分だって不安だったくせに）

アドバンテージをあげるため、なんて言うけれど、それだけじゃないことを知っている。

謙也がこの部屋に来るたび、颯生だって持ち帰りの仕事があった。疲れた、ただいま、と言うたびに、自分の仕事の手を止めてお出迎えしてあまやかしてくれたことくらい、本当はちゃんとわかっている。

「颯生はおれのこと、好き？」

「う、そ、そんなの言わなくても」

「言って。今日はおれのことあまやかして。……好き？」

ずるい、と睨まれたけれど、ゆるんだ顔でじっと見つめていると、颯生はもごもごと口ごもったあとに「……好き」と小さく言ったあと、ちょっとキレた。

「てゆーか、そうじゃなきゃ俺、こんな甲斐甲斐《かいがい》しくとかしないし！」

「うんうん」

「ほんとは、謙ちゃんくる日とか、夕飯ちゃんと準備したりしてんだぞ！　い、いつも逆で悪いと思って、だから、お返しっていうか、その――」

うん、と言いながら、懸命にいろいろ言い訳する唇をまた盗む。

「落ちついたら、またおれのごはん食べてね」

「お、俺謙ちゃんみたく料理うまくないんで、どうせおいしくないだろうけど」

「ちゃんとおいしいよ。でも颯生をあまやかすの好きなんだ」

なぜならそれは、彼があまやかすだけの甲斐がある人間だからだ。かわいく、くにゃんとなってはくれるけれど、笑美理みたいにそれを当然と思ったりしない。

大事にしただけ、返そうと頑張ってくれる。そしてちゃんと大人で、黙っていやなことを呑みこんだりもできるし、ひとの気持ちも慮《おもんぱか》れる。

たまには意思の疎通に失敗してしまうけど、たぶん日々をすごすうちに、それらも嚙みあっていくはずだ。

「小池さまがね、おれとカノジョが別れるまで待つって言ったんだ」

「え……」

どきりとしたように、颯生が表情を変えて謙也の顔を仰ぎ見る。心配いらないことを教えるため、微笑んだあと、謙也は続けた。

「待たないでくれって、言ったよ。おれに不幸になれって言うんですかって」

「け、けんちゃ……」

「あのひとと別れたら、おれは絶対どん底まで落ちこみますって。で、帰ってくるまでそれこそずーっと、待ってるからって」

颯生の感情を表して、きれいな手が空でなにかを握るように開閉した。自分のそれよりすこし小さい両手を握って、謙也はため息をつく。

「だからね、颯生がいてくれたら、おれ、幸せなんだよね」

ありがとう、と告げると、颯生は無言でかぶりを振った。そのあと、「くそ」とかなんとか、悔しそうにつぶやいたあと、ぎゅっと謙也に抱きついて、宣言した。

「わかった。幸せにしてやるからな」

「かっこい……お嫁にいきたい、颯生」

どんどん来なさい、と妙なテンションで笑って、颯生がやさしいキスをくれる。そしてどちらからともなく手を取って、もっと幸せになるべく、寝室へと向かった。

＊　＊　＊

もつれあうようにベッドに転がったあと、マウントポジションを取ったのは颯生のほうだった。ばさばさと服を脱ぎながら「じっとしてて」と微笑みかけると、期待に濡《ぬ》れた目で謙也も笑う。

「なに？　なんかしてくれんの？」

「内緒」

ストリップ気分で見せつけるように脱ぐ間、謙也はまったく目を離さない。腰のうえに座りこんでいると、これも期待で力を持ちはじめた謙也自身を感じて、颯生は無意識に唇を舐《な》めた。とたん、ぐっと尻を押しあげるそれに、笑いが洩《も》れる。

「なにこの元気な子」

「羞《は》じらいのない子でごめん」

からかうと、謙也がそう言って苦笑した。まだ疲れは残っているようだけれど、この部屋に訪れたときよりずっと、マシな顔になっている。

ワイシャツのボタンをはずしてやり、あらわになった広い胸に唇を落とすと、謙也はくすぐったそうに身をよじった。

「え、今日こそおれ、やられちゃうの？」

「しないって。でもじっとしてて」

以前、彼が微妙な状態になったとき、いっそ抱いてやろうかと考えたこともあったけれど、今日は単純に、とことんまであまやかしてやりたいだけだ。

颯生はまず自分が全裸になったあと、謙也のスラックスを脱がせ、下着のうえから形をはっきり浮かせたそれを撫でた。寝転がったままなので、シャツはまえを開いただけで放置。皺《しわ》になるだろうけれど、明日洗濯してアイロンをかければすむだろう。

「んー……」

引き締まった腰のうえに屈《かが》みこんで、下着のうえから口で愛撫する。横ぐわえに軽く齧《かじ》るようにしてやると、謙也がはっと短く息をつき、まだ舌が触れていないはずの場所がじんわりと湿って、濃紺の下着の色を変える。

舌を押し返す力が強くなり、湿り気も布地にひろがっていく。そうしながら、颯生は自分の身体の奥へと指を伸ばし、小さな音を立ててかき混ぜていた。

「颯生、ずるい……おれもしたい」

「いいから」

手を伸ばしてくるのをたしなめるため、まだ脱がせていない下着のゴムを引っぱり、引き締まった腰めがけてばちんと音を立てさせる。

「じっとしてないと、次は本体狙うよ」

謙也は微妙な痛みに顔をしかめ、不承不承うなずいた。素直に言うことを聞いたので、お待ちかねのとおり下着をずらし、濡れた先端をぱくりとくわえると、目のまえにある腿がぶるっと震える。

口のなかいっぱいに唾液《だえき》をため、滑らすように頭を上下させると、謙也の長い指がシーツを握りこんだ。かなり耐えているらしいのは、口の端がつらいことからも理解できる。

「やばいって……触らせて」

「だめ」

「さーつーきー……」

「あとで」

ぺろりと舌なめずりしながら、颯生は自分の奥をほぐす手を早めた。謙也は気づいているかどうか知らないが、この夜電話があった時点で、下準備はすんでいる。

「今日の謙ちゃんは、頑張ったから、いいことしてあげる」

彼のうえに乗り上がり、思いきり脚を開いたまま、濡れた粘膜に自分が育てた性器をうしろ手に握ってあてがう。お互いのぬめりが触れて、ぐちゅり、と音がした。

そのまま腰を落とそうとしたけれど、ふと意地悪な気分になり、颯生は入るギリギリのところで動きを止めた。

「さつき……っ、なんで、やめないで」

「入れてほしい？」

正直、恥ずかしかった。けれど絶対これは好きだろうと睨んだとおり、ごくんと息を呑んだ謙也は颯生を凝視したまま、すごい勢いでこくこく首を振っている。

「お、お願いします」

「そんなに入れたい？」

我慢できない、というように、謙也は呻いて背を仰け反らせる。

「ああ、うん。焦らさないで、ほんと、お願いします」

「入れてって言ってみて？」

颯生もたまにこの手のことでいじめられるので、そっくりお返ししてやった。ふふっと笑って告げると、「うぐ……」となった謙也は、赤くなりながら颯生の腰に手を伸ばす。

「あ、こら」

「……入れて、颯生」

そっと添えるだけの手は、無理強いはしないと語っている。そして、あまえるように告げられた声の色っぽさに、かくんと力が抜けてしまった。

「颯生、さつき、入りたい……意地悪しないで、入らせて」

「あ、あ、あ」

「ね、入れて」

吐息を絡めた声に、ずくんと全身が疼いた。濡れた目とあまったるい声のせいで、ずるずると膝は滑り、あてがっていたそれも颯生の奥へと抵抗なく埋まっていく。

「あ、すごい、締まる、颯生」

「言うな、ばかっ」

「なんで。最初にエッチなこと言わせたの、颯生のくせに」

にやっと笑った謙也がしたから腰を突きあげる。「あん！」と声を漏らしながら、颯生は内心歯がみしていた。

（んっとに、顔に似合わず、スケベだよな）

これに慣れてきてしまい、なおかつパターンも読めてきた颯生も、あまりひとのことは言

えないかもしれないけれど。

「あっあっあっ、や、やっ」

「いいこと、してくれる、んでしょ？　ね、もっと動いて」

けっきょく、おねだり上手なのも謙也のほうだったらしい。もう、と唇を噛んだ颯生は広い肩に手を置いて、腰をグラインドさせ、持てる限りのテクニックで締めつけた。

「ん……これで、どう？　謙ちゃん、気持ちいい？」

言葉責めのような真似をしたのは、くだんのお嬢さまがもし謙也とそういう仲になったとして、ここまで彼にしてやれるのか、というくだらない対抗心もあった。けれど、身体のしたにいる謙也はそんな颯生をうっとり眺めて「うん……」と幸せそうに笑う。

「すっげ、気持ちいい。最高」

そんなことを、そんな顔で言われたら、もっとしてあげたくなる。感情のままに身体を弾ませながら、颯生は言った。

「俺、だって、負けてないっ……んだか、ら」

「え、なにが？」

——颯生をあまやかすの好きなんだ。

謙也はああ言ったけれど、颯生だってたぶん、気持ちのうえでは負けていない。このところ、いつものお返しをしたいとがんばってみたけれど、謙也が喜ぶだけでぜんぶ報われたし、本当になんでもしてあげたいと思った。それが颯生にとっても喜びだった。

「俺だって、謙ちゃんのこと、すっげえ、好きなんっ……だか、ら」

「颯生……」

「お、俺でなきゃだめな、身体にしてやっ……ん、あ、ひっ⁉」

いきなり起きあがった謙也に両足首を摑まれ、ぐっとうえに持ちあげられた。バランスを崩した身体は結合部に全体重をかけてしまい――それで痛むどころか、感じきった悲鳴をあげてしまった自分が、颯生はすこし怖いと思った。

「あっ、ちょっと、待って、俺がす、する……あっあっ」

体勢を入れ替えた謙也が、颯生の脚を肩に載せた状態で激しく腰を使ってくる。さきほどまで自分のペースで動けていたのに、まるでリズムを崩されて、そのせいかひどく感じた。

「好きにさせて、颯生。我慢できない。お願い、ね？」

言いながら、謙也は肩に引っかかるだけだったシャツを脱ぎ捨てる。床に放る乱暴な仕種《しぐさ》に、彼らしからぬ野性味溢《あふ》れる色気が滲《にじ》んで、颯生はこくこくとうなずくしかなかった。

「いい、颯生。いい？」

「あ、あ、……あっあっ、い、いっいっ」

声がとぎれとぎれになるほど激しく揺り動かされ、眩暈《めまい》がした。

粘膜がこすれ、赤くあまく爛《ただ》れる。こんなに乱暴に動かれても快楽しか覚えない身体にされて、本当にこれからどうしよう、と思ったのは一瞬。

「……颯生じゃなきゃだめだよ」

「え、え？」

「こんなにかわいくて、きれいで、あまやかしてくれて。こんないいセックス、覚えちゃったのにさ。颯生以外でどうしろっていうの」

は、と息をついて強く突き入れてくる。衝撃にあまい悲鳴をあげつつ、謙也がきつく眇《すが》めた目に男臭さを、睦言にはときめきを感じて、胸が高鳴った。

「ほんとに責任取ってよ、颯生……っ」

まるで吐き捨てるようなきつさで言い放った謙也が、浅く激しく、奥に伸びあがるように深く突きながら、颯生のほったらかしだった性器を握りしめる。

「あ、や、やだっ」

「やなの？　ね、いや？　責任取りたくない？」

「そっちじゃない……だめ、だめって」

いつもよりずっと乱暴なのに、ずっと感じる。感情をそのままぶつけてくるように抱く謙也が、全身であまえているのがわかるせいだ。

「謙ちゃん、けん、ちゃ、……そこ、いじったら、だめ」

「やだ」

「やだじゃなくっあ、ああ、だめっえ……！」

突き入れてくるのとまったく同じリズムでしごかれて、ぬるついた指の腹が先端をいじり倒す。もうすっかり手慣れてしまった謙也の愛撫に息が乱れ、颯生の小さな尻《しり》がシーツから浮きあがった。

「お尻、あがってるよ。ここ、好きだよね？」

「ひっ、あっ、いっいっ」

「あは、かわいい……颯生、かわいいね」

大きな手が颯生の腰を摑み、ぐっとうえに持ちあげるようにして突いてくる。身体はほとんどふたつ折りにされて、うえから押しこむようなそれに弱いと知ったのは最近だ。

「だめ、も、いって、謙ちゃんいって」

「うん……っ、じゃ、いく」

「えっ？」

しがみついて叫んだとたん、謙也がぐっと背を反らした。あれ、と思っていると、身体の奥にいる彼がぶるりと震え、不規則に熱を吐き出すのを感じる。

（あ、あれ……？）

汗ばんだ広い背中に腕をまわしたまま、颯生はきょとんと目をまるくする。肩口に埋めていた顔をあげた謙也は、ふうっと長い息をついて笑った。

「あー、気持ちよかった……」

「あ、そ、そう」

ちょっとだけがっかりした気分になったのは、颯生はまだクライマックスに達していなかったからだ。謙也にしては、めずらしいことだった。彼は自分の快楽だけ優先することや、颯生を置き去りにすることはめったにない。

「ごめんね、さきにいっちゃって」

「え、いいよ、べつに」

やっぱり疲れているのかな、と気遣いをみせた颯生は、しかし続いた謙也の言葉に、顔をひきつらせた。

「もっとよくしたいなと思ったんだけど、あれじゃもちそうになかったし」

「え」

にっこりと微笑んだ謙也に目を瞠った。言われてみて気づいたが、腹のなかをいっぱいにする存在は、射精後もちっともその隙間をひろげてはいない。

「次は、いっぱいよくしてあげるね」

「え、ちょっ、ちょっと」

「だいじょうぶ、このままできるから。……ね？」

笑う謙也の目が、なんだかちょっとだけ怖く思えたのはなぜだろうか。そして、大きさを教えこむように腰をまわされたとたん、さっきよりずっとそれは、逞《たくま》しくなった気が。

「え、えっと、ほどほどで、いいよ？」

「心配しなくていいよ、できるから」

俺は自分の腰の心配をしてるよ、と颯生が言う間もなく、さきほどよりもっと激しく、濃くて執拗《しつよう》な愛撫とキス、力強い挿入が襲いかかってくる。

深く入れたまま、性器をいじられる。浅いところを忙《せわ》しなく突いて、右の乳首を舐められながら左のそれをくりくりとこねられる。鎖骨に噛みついて、耳たぶを揉んで、好き、かわいい、やらしくていい、と言葉で脳を犯される。

「ん、ん、やだぁ、やだ、けんちゃ、強い」

「うん、強いの好きだよね。でも颯生がもっと好きなの、これだよ……ねっ？」

「んあ！」

叩きつけるように小刻みだった腰の動きを止め、颯生の腰をぐっと持ちあげた。そして当たる角度を変えた彼は、ゆっくりとしたリズムで身体を揺らした。

「大好きなとこ、じっくりこすってあげる」

「あっ、あっ、ふえ？　あは、あー……」

謙也の動きはやわらかく執拗で、まるで大きく硬い舌で舐められているかのように感じる。粘膜の全部を味わい、襞《ひだ》のひとつすら取りこぼすまいとするかのようにこすりつけられ、颯生は腰くだけになる。

「あっあっ、だめだめだめ、いく、いく」

「いっちゃいそう？　いっていいよ？」

でもやめないけどね、という声が、うっすら聞こえた気がしたけれど、やたら濡れてあまったるい声をあげ続ける颯生には、半分も聞こえていなかった。

「ね、颯生、いっちゃ……あ、ああ、あああ！」

「い、いっちゃ、いっちゃうって言って……」

おねだりの言葉に、卑猥《ひわい》で淫《みだ》らで、すこし舌足らずな声を発しながら、追いつめてくる健也の指をねっとりと濡らす。

「は……ああ、ああ……」

ぶるぶると震える颯生の身体をきつく抱いた謙也は、やさしい顔でにっこりと笑いながら「もっとする？」とささやいてきた。

どうしてこう謙也は、草食系に見せかけてじつは絶倫なんだろうか。うかうかとあまやかし、許してしまう自分が悪いのはわかっているけれど――ついでに言えば颯生も、きらいでは、ないけれど。

（うん、ほんとお嬢さま、これにつきあえたのかな）

なかば飛んだ意識で妙に冷静に思い、本当にこれは責任を取るしかないかもしれない、と

颯生は思った。

　そして自分がたぶん、喜んで責任を取ってしまうのもわかっているから、して、という言葉の代わりに、唇に思いきり、嚙みついてやった。

＊　＊　＊

　繰り返し肌を絡ませあっていたけれど、中断を余儀なくしたのは謙也の腹の虫だった。

「ごめん、おなかすいた……」

　情けなく挙手する謙也に対し、颯生は息も絶え絶えに「いまごはん作れない」とむくれたように言った。むろん、『別腹』のほうをさきに満たしてくれた相手に無体を言うつもりもなかったらしく、謙也はご機嫌な表情で起きあがり、颯生のぶんも夜食を作ってくれた。

「はいどうぞ」

　ものの三十分で出てきたのは、あっさりした出汁の絡んだ、冷蔵庫の残り物、えのきと椎《しい》茸《たけ》のパスタだった。ひとくち食べて、颯生は目をしばたたかせる。

「……なんか、めっちゃ本格的な味するんだけど」

「え？　超てきとうだよ、これ」

　味つけをどうしたのだと言ったら、インスタントの吸い物のもとを使ったらしい。

「麺茹《めんゆ》でて、粉末吸い物絡めて、あとはバルサミコ酢ちょっととしょうゆで炒めたきのこ、乗っけただけ」

簡単料理でも、やはり謙也のほうが颯生より味つけはじょうずらしい。すこし悔しくなりながらも、ひさびさの謙也の手料理を堪能した。

しかし、夜食を食べるふたりとも、ベッドのうえで皿を片手にパンツ一枚というのがなかなか微妙な感じだ。颯生は服を着る気力もなかっただけだが、謙也はもしかすると、エネルギー補給をしたあともう一戦交える気かもしれない。

（まあ、そんならそれでも、いいか）

いろいろ大変だった謙也がそういう方法であまえてくるなら、こちらは度量を見せて応えるまでだ。明日の体調は考えまいと、颯生はつるつるしたパスタをすすりこんだ。

面倒ごとに片がついたのは、謙也のために心からよかったと思う。だがどうしても引っかかるものを覚えてため息をつく颯生を、謙也が小首をかしげて覗きこんでくる。

「どうしたの」

しばらくパスタをつついていた颯生は、小さな声で心配を口にした。

「ほんとにその……小池さま、平気なのかな」

謙也の立場がまずくなったりしないだろうか。不安で問いかけると、すこし眠そうな顔をした謙也が颯生の髪を撫でながら「それはだいじょうぶ」と言った。

「小池さまのことは、心配しなくていいよ。幸い奥村さまが、理解してくださったみたいで、その場でむしろ、小言言ってたから」

謙也が語るところによると、奥村さまは、少々気むずかしいけれど、筋はとおったひとらしい。謙也を責めるではなく、泣きじゃくる孫娘に彼女はこう言っていたそうだ。

——笑美理、なんですか人前で、みっともない。男の方の気持ちを摑みたいなら、そうめそめそしていては無理でしょう。羽室さんにふられるのは当然です。

あげく、しばらくこういう場に連れてくるのはやめると宣言したせいで、笑美理はさらに泣きまくっていたが、相手にしないのはさすがだったと謙也は語った。

「それにまあ、もし会社とかからなにか言われても、パワハラのセクハラだって言い返す」

「えー、いいのかそれ」

「つうかここんとこの状況自体、完全にそうじゃん」

さらっと言ってのけた謙也は、「食べたなら片づけるね」とカラになった皿を取りあげた。そして台所に向かいながら、「あ、そうそう」と思いだしたように言った。

「これ言おうと思ってたんだ。颯生、同棲しよ」

「——は?」

突然の提案に、颯生はぽかんとする。謙也は言っておきながら返事をもらうつもりもないのか、手早く皿洗いをはじめてしまった。

「えっと、待って、同棲？　って、いっしょに住む、ってこと？」

「うん。しよ。更新のこととかあるから、タイミングは時期を見てからでいいけど」

しないか、ではなく、しよう。こうも断定的な謙也の発言はめずらしく、またいきなりのそれに戸惑うまま、颯生はベッドのうえで呆然としていた。

「な、なんで、いきなり？」

「うーん。お嫁さん欲しいから？　いやお婿さんでもいいんだけどね」

謎《なぞ》の発言をして、謙也はくくっとひとり笑う。颯生はますますわけがわからない。なにがなんだか、と呆けている間に片づけをすませた謙也が戻ってきて、すこし冷えた身体をぎゅっと抱きしめてくる。

「颯生が好きだよ。いっぱいやさしくしてくれてありがとう」

「け……」

「だからもっと、いっしょにいたい。ずっといたい。愛してる、颯生」

とろけそうな声で告げられ、嬉しいのに胸が痛かった。強く抱きしめてくる指のさきが、颯生の肌を大事にやわらかく、撫でてくる。

瞼《まぶた》の裏で涙がふくれた。なにも泣くところではないのに、どうしてと思うより早くぽろりとこぼれて、謙也は笑いながら目尻に唇を押し当てる。

「で、いつ婿入りさしてくれんの？」

冗談めかした言葉に、颯生は泣き笑いしながら謙也の頭を抱きかかえ、いつでもいいよとささやいた。

あとがき

皆さまこんにちは。『不機嫌で甘い爪痕』続編、シリーズ第二弾の今作は、過去の雑誌掲載作と書き下ろしの二本を収録しております。とはいえ読みきりシリーズですので、たぶんこれ一冊でもそんなに問題はないかと思いますが、よろしければ前作とあわせて読んで頂けると嬉しいです。

さて、いままで、いくつかのシリーズを書かせていただいているんですが、この謙也と颯生の不機嫌シリーズについては、ほか作品とちょっと違う点があります。といってもたいしたことではないんですが、じつは崎谷の話で、百頁単位の中編連作というのは、ほかにないのです。

もともと雑誌掲載作を単行本（文庫）化する、という経験が、デビューしてから相当長い間なく、大抵は書き下ろしでの刊行でした。自分自身、短編が苦手であったのもあり、雑誌のお仕事自体とても少なかったというのも理由のひとつなんですが、掲載作を書籍化するときはすでに書いてから何年も経っていたということが多かったため、なんとなく続きを書く機会を逸し、単発読みきりで終了、というのが大半でした。

しかし、このシリーズについては、たまたま当時の掲載誌と単行本を連動させる、というお話があり、また雑誌サイズの続編を書く機会をいただいてました。その後紆余曲折あって、表題作である『不条理で甘い囁き』については数年間宙に浮いた形になっておりましたが、このたびさらに続編をプラスして、二冊目が刊行される運びとなったわけです。

表題作である『不条理〜』は痴話げんかネタ。わりとくっだらないことで揉めたあげくにアノていたらく、という話なのですが……なにしろ書いたのが四年前なので、なんであんなネタにしたのか、いまいち覚えておりません（笑）。

男子はデリケートなのよ、みたいな感じを出したかったのかな、と推察しますが、あらためて前作から読み返してみると、謙也がことごとく「え、おれやられんの？」と言っていて、笑えました。今回はかなり貞操の危機ではありますが（笑）無事に攻めとして面目躍如しております。そして禁欲（不可抗力だけど）の反動でエロエロ大魔神になっています……。

書き下ろしの『不可侵で甘い指先』については、ちょっと目先を変えてみました。

いままで、癒し系彼氏として颯生に尽くしまくってた謙也のほうがトラブルに巻きこまれ、逆に癒されたいようとあまえております。相変わらず、ネタとしては過去の経験談にフィクションをまぜこぜしていますが、どこまで嘘なのかはご想像にお任せしたいかなと（笑）。

しかし、ひさしぶりに書いてみて、つくづく謙也と颯生は、自作のなかでもかなりラブ度の高いカップルだなと思いました。謙也のキャラのせいか、書いている自分ものほほんとしてしまう（笑）のですが、心おきなく、楽しいなあ、と思えるふたりです。

そして謙也といえばガンダム（笑）ですが、２００９年夏に公開されたお台場ガンダム、謙也たちもぜったい見にいってますね。崎谷も修羅場の合間縫って、こそりと見にいきましたが、あの大きさはなんつうか、変なふうにリアルだなあ、と感じました。思っていたよりでかすぎない。でもやっぱりでっかい。足に触って写真撮って、なんか不思議な気分になりました。

さて、じつはこのシリーズ、次も書かせていただけるようです。来年になるのですが、今度は長編で一本書き下ろす予定です。いままで短めの連作だった彼らの初長編、是非お手に取っていただけると幸いです。

シリーズを彩ってくださっている、カットの小椋ムク先生。今回も美麗なカラーとかわいらしいカットをありがとうございます。まだカットはラフだけしか拝見していませんが、前回に続いてかわいいかっこいいふたりを本当にありがとうございました。そして次回もよろしくお願いいたします。

毎度ご迷惑をおかけしている担当さま、今年の連続刊行企画も折り返しとなりました。残りもがんばりますので、お見限りなく……。でもって、毎度ご協力のＲさん、ＳＺＫさん、坂井さんに冬乃、ほか友人連、みんなありがとう。

お手にとってくださったあなたにも、最大級の感謝を。

またどこかでお会いできたら幸いです。

✦初出　不条理で甘い囁き……………小説ビーボーイ2005年11月号
不可侵で甘い指先……………書き下ろし

崎谷はるひ先生、小椋ムク先生へのお便り、本作品に関するご意見、ご感想などは
〒151-0051 東京都渋谷区千駄ヶ谷4-9-7
幻冬舎コミックス　ルチル文庫「不条理で甘い囁き」係まで。

幻冬舎ルチル文庫

不条理で甘い囁き

2009年9月20日　第1刷発行

✦著者	崎谷はるひ　さきや はるひ
✦発行人	伊藤嘉彦
✦発行元	株式会社 幻冬舎コミックス 〒151-0051 東京都渋谷区千駄ヶ谷4-9-7 電話 03(5411)6432[編集]
✦発売元	株式会社 幻冬舎 〒151-0051 東京都渋谷区千駄ヶ谷4-9-7 電話 03(5411)6222[営業] 振替 00120-8-767643
✦印刷・製本所	中央精版印刷株式会社

✦検印廃止

ISBN978-4-344-81767-8　C0193　Printed in Japan